성오수록
省吾隨錄

성오수록
省吾隨錄

소재영 지음

논형

黃鶴樓(위욱승(韋旭昇) 교수 기증)

매화 송(조지훈 시, 김난희 작)

김동리 선생의 필적 「處士風流水石 間」

未見秦皇萬里城男兒意氣
負山崢嶸溪湖一曲漁舟小獨
來蓑衣笑此生

庚辰華滿和月
意庵書

농암 김창협의 연행시를
중국 서예가 金意庵이 쓰다

머리말

기해년 황금 돼지의 해를 맞는다. 미수를 앞둔 필자에게 무슨 새로운 소망이 있으리오마는 올 한 해도 가족이 모두 무탈하고 필자도 별 탈 없이 건강하게 지냈으면 하는 바람 뿐이다.

돌이켜 보면, 우리 세대는 잔인한 세월을 잘도 견디며 살아왔다는 생각을 하게 된다. 일제 하에서 태어나 2차 세계대전의 긴 터널을 빠져 나오는 동안 온갖 수탈과 고난을 딛고 살아가야 했으며, 해방이 되자 혼란 속에서 다시 동족상잔의 비극인 6 · 25 전쟁의 기아와 살육의 긴 터널을 빠져 나와야만 하였다. 그래도 지금까지 잘 버티며 살아 남았구나 하는 생각에 미치면 생명이 참 잔인하다는 생각을 하기에 이른다.

필자는 초등학교 5학년 때 해방을 맞았고 중학교 3학년 때

6·25 전쟁을 체험하였다. 전쟁이 막 휴전을 맞은 53년에 입학하여 57년에 대학을 졸업하였다. 전쟁에서 살아남은 것도 기적이지만 대학생활을 무사히 마칠 수 있었던 것도 당시로선 너무나 감사한 일이었다. 지금 돌이켜 생각하면 그 모진 세월을 어떻게 견디며 살아 왔을까 하는 생각을 하게 된다.

내년이면 米壽를 맞는다. 그간 내가 지나온 삶을 어떤 형식으로든 한번 정리하고 뒤돌아보아야 되겠다는 생각에서 부끄러움을 무릅쓰고 이 글을 준비하기에 이르렀다. 필자가 학술서 이외에 가벼운 수상록으로 펴낸 책으로는 『우리 고전 산책』(1993), 『국문학편답기』(1999), 『동북문화기행』(2002) 등이 있다. 그러나 이번에 출간하는 『省吾隨錄』은 일단 내 삶의 모습들을 정리한다는 차원에서 편집된 것이며, 여기에 그간 씌어진 글들을 모아 한데 묶어 세상에 내놓게 된 것이다.

여기에는 내 성장기의 모습을 그대로 담은 〈지소록〉을 비롯하여 여기저기에 발표한 수상 잡록을 수록하고, 그간의 생활 기록을 보여 줄 50여 매의 사진들을 덧붙였다.

그간 필자가 출판한 학술 서적은 편저를 포함해 40여 책에 이른다. 이것 역시 필자의 부끄러운 자화상이다. 필자에게 앞으로 시간이 더 주어진다면 그간 준비해 오고 있는 『유배문학사』를 완성하는 작업이 될 것이다. 그러나 이마저 건강과 시간이 허여될 수 있을 것인지는 알 수가 없다.

뒤돌아 보면 주어진 삶의 여건에서 열심히 살아 왔지만 회한이 너무 많다. 학문적으로도 무엇 하나 제대로 뚜렷하게 해놓은 것이 없고, 인간적으로도 가정에서나 사회생활에서 정을 베풀며 살아오지 못하였다. 이제 와서 깊이 뉘우치지만 돌이킬 수 없는 시간이 되어버렸다. 그간의 회한의 심정을 늦게나마 반성하는 의미에서 나의 생각을 이『성오수록』에 담아내면서 머리말에 대신하고자 한다.

기해년 새해 아침

차 례

識小錄

隨想錄

내 지나온 삶을 뒤돌아 본다

필자와 같은 80대들은 이 땅에서 가장 냉혹한 삶을 살아온 사람들이다. 태어났으니까 살았고, 성장하면서 냉혹한 사회 현실과 부딪치며 생존해야만 했다. 일제의 식민지 억압이 극도에 달했던 1930년대에 태어난 사람들은 대동아 전쟁의 미명 하에 가진 것들을 모두 수탈당하고 이른바 고난의 행군에 앞장서야만 했다. 돈이 될 만한 것이나 식량들은 모두 수탈당하고 그야말로 초근목피로 연명하는 생활이었다. 그러다가 필자가 해방을 맞이한 해는 국민학교 5학년 때였다. 새벽이면 여인네들이 바구니 하나씩을 등에 지고 끝없이 행렬을 지어 나물 캐러 산에 오르던 광경이 지금도 눈에 선하다. 남녀노소 모두가 생존에 매달렸던 시절이었다. 일제가 싱가포르를 함락했다고 전교생들에게 고무공 하나씩을 나누어주던 기억이 잊혀지지 않는다. 잇달아 가뭄이 들자 당장 끼니를 걱정해야만 하였고, 심지어 소나무 껍질을 벗겨 와 송기떡을 해 먹었던 기억도 새롭다. 느릅나무 잎을 따다 보릿가루에 무쳐 끼니를 때우던 일, 기름을 짜고 남은 콩 깻묵을 배급받았던 일도 기억에 새롭다.

해방 후 5년의 세월이 지나고 홀연 동족상잔의 6·25 사변을 맞게 되었다. 산골 오지에서도 견딜 수 없어 남부여대로 며칠씩을 걸어 피란길을 떠나야만 했다. 필자도 가족을 따라 영천(진량면)까지 갔지만, 당장 의식주가 모두 힘들었고 그날그날 생활한다는 것이 지옥과도 같았다. 아직 중학생 때였지만 징병대에 잡히면 며칠 간 총 쏘는 훈련만 받고 위급한 포항 전투에 투입되는 실정이었다. 휴전이 되면서 피란에서 돌아오던 길가 참호에는 끝없이 시체들이 널부러져 있었고, 시체 썩는 냄새가 코를 가리게 하였다. 집에 돌아온 뒤에도 밤낮없이 이른바 패잔병을 소탕하는 총성이 그치질 않았다. 이후 좌우익의 대립이 극심해지면서 심지어는 가족 간의 논쟁도 극심해졌으며, 이념 투쟁에 생사를 거는 일까지 허다히 겪게 되었다.

대학을 마친 후 군대생활을 끝내고는, 그래도 내 개인의 생활이 겨우 정상으로 접어 들었다는 느낌을 갖게 되었다. 나는 내 결혼 주례를 먼 안동까지 내려와 맡아 준 구자균 교수의 은혜를 늘 잊지 못한다. 당시 중앙선 철로는 험하기로 이름나서 원주의 치악산 똬리굴을 지나면 모두의 얼굴이 검게 그슬려 있어 차장이 얼굴을 닦으라고 물수건을 한 장씩 제공하던 시절이었다. 나는 그분의 은혜를 잊지 못해 나중에 그가 세상을 떠나자, 석사 학위를 막 마친 터라『조선평민문학사』등 그의 유고를 모아『國文學論薆』(박영사, 1966)를 엮어 드렸다. 지금도 그가 애장하던『조선소설사』(1933)를 읽으면 상단에 깨알처럼 덧붙여 쓴 주석을 통하여 그분의 경해에 접하는 듯하다. 뿐만 아니라 운정 김춘동 선생은 한문 강의『동호문답』여담 시에 필자의 호를 '省吾'라고 지어 주면서, 사람은 자신을 살필 줄 아는 것이 입신의 지름길이라 일러 주었다. 조지훈 선생은 시인이라기보다 지사였다. 당시 성북동 자택을 방문하였을 때는 서재에 시집은 없고『독립운동사』나『조선경찰요사』등만 꽂혀 있었고, 그의『시론』강의는 당시에도 건강이 나빠 한 달도 채 못하였는데, "르네상스 시대에는 길 가는 마부들도 단테의 신곡을 노래 불렀다."라고 한 구절 밖에 생각나지 않으나, 그의 머리에서 계획된『한국문화사대계』의 완성은 우리 문화의 품격을 한층 높여준 계기가 되었음이 분명하다. 그 후 오랜 세월이 지난 뒤『스승』(논형, 2003)이란 저작을 기획했을 때 홍일식은 〈조지훈〉을, 나는 〈구자균〉을 집필하여 당시 국문학과의 위상을 평가한 바 있다.

  필자가 가장 힘들었던 시기는 중앙중고등학교를 사임하고 강사 생활을 하며 경제적인 어려움을 겪을 때였다. 강사 생활로 살림이 어려워지자 야간 고등학교에 다시 취업하였다. 주간에는 대학 강의를 나가야 하기 때문이었다. 당시 교양국어는 한 반이 백여 명이나 되는 멀티 클래스였으므로 마이크를 사용해야만 하였다. 그나마도 방학 4개월은 강사료가 없었다. 대학의 전임 자리는 이미 병역을 기피한 사람들이 모두 차지하고, 제대하고 돌아왔지만 막막하기만 하였다. 신혼생활의 단꿈은 잠깐일 뿐 아이가 하나 둘 늘어나자 전셋집 얻기도 힘든 상황이었다. 『삼국유사』에서 읽던 〈조신의 꿈〉 이야기가 현실로 다가왔다. 전셋집을 찾아 이사한 것만도 십여 곳이나 된다. 내 집을 두 번이나 가져 봤지만 곧 생활난으로 되파는 일까지 있었다. 돈암동에선 아이 때문에 쫓겨났고, 응암동에선 양계를 하다가 몽땅 이웃 난민에게 도난당하였으며, 제기동에서는 셋방을 주었다가 연탄가스로 어려움을 겪기도 하였으며, 휘경동에서는 대홍수로 집이 침수되어 오백여 권의 책들을 모두 폐기해야만 하였다. 그러나 그런 어려움 가운데서도 더 큰 어려움이나 병고 없이 잘 지탱할 수 있었던 것은 하나님께 감사한 일이라 생각하였다. 무항산이면 무항심이라 하였던가, 가정을 지키고 스승을 섬기고 친구를 믿고 앞만 보고 살아온 십여 년의 세월이 뒤돌아 보면 그래도 그리 싫지 않고 남이 경험하지 못한 아름다운 추억으로 내 기억에는 남아 있다.

내가 기독교 대학을 평생의 직장으로 선택할 수 있었던 것은 그나마 큰 행운이었다. 당시 대전대학은 미국 남장로회에 속한 작은 대학이었다. 1970년에 서울의 숭실대학과 합쳐 숭전대학으로 출발하면서 필자는 대전 캠퍼스 국문학과의 일원으로 발령을 받았다. 신설 학과였으므로 동료들과 함께 정성을 다하였다. 당시 물리학과에는 한 명의 학생만이 있는 학년도 있었는데, 이를 폐과하지 않고 정성스레 가르쳐 졸업시키는 것을 보고 큰 감동을 받기도 하였다. 대전에 머물렀던 5년은 내게 고난의 10년을 바탕으로 교육의 새로운 비전과 내 학문의 기초를 닦을 수 있는 소중한 시간이었으며, 거기서 훗날 10여 명의 교수를 길러내기도 하였다. 그 후 서울 캠퍼스로 와서는 국문학과 창설을 위해 여러 해 동안 터전을 마련하였고, 1980년에 비로소 학과의 인가를 얻어 그 후 30년 동안 천여 명의 제자들을 길러낸 데 대하여 나는 큰 자부심을 갖고 있다. 당시의 국문학과는 거의 내 뒷바라지로 세워졌으며 교수 선발도 거의 필자의 추천으로 이루어졌으므로 타 대학이 부러워하는 학과로 성장할 수 있었다. 그러나 지금은 내가 모셔 온 최태영, 권영진, 한승옥 교수 모두 건강문제로 세상을 떠나고 필자와 박종철, 조규익 교수만 남아 있다. 우리는 새롭게 창설한 학과를 이상적인 학과로 만들기 위해 함께 많은 노력을 기울였다. 이제는 천여 졸업생들이 답할 차례다.

필자는 30년 대학생활을 마무리하면서 사랑하는 아내를 잃었다. 그렇게도 집착을 보였던 대학생활 30년도 가정이 무너지니 허망할 뿐이었다. 새로운 삶을 위하여 중국의 연변 지역으로 달려가 연변대 과학기술대학의 교수로 이름을 걸고 한국학연구소를 개설

지리산 천왕봉에서

지리산 산천재에서

한국학연구소 개소식

하였다. 거기에서 해마다 중국 내의 한국어 교수들을 모아『중국에서의 한국어 교육』학술회의를 개최하였다. 그 결과물을 모아 10여 권의 논문집을 출판하기도 하였다. 이것이 계기가 되어 연구소가 중국 내에서 꽤 알려지게 되었다. 시간이 나면 중국의 동북 지역을 헤매며 돌아다녔다. 이 무렵의 답사 메모들을 모아『동북문화기행』(집문당, 2002)을 상재하기도 하였다. 방학 때면 수년 간 함께 지냈던 김미혜자 약사와 함께 심양, 장춘, 하얼빈, 백두산을 누비며 여행하였다. 중국에 체재하던 수년 간에 중국 문화에 관심을 가지고 이후『동아시아 문화 교류론』(2011)과『동아시아 문화탐방』(2015)도 저술하여 나름대로는 동아시아 문화 연구의 지평을 넓혀 왔다고 자부하고 싶다.

　이제 내 삶을 마무리하는 시점에서 뒤돌아 보면 그래도 아쉬움이 더 많이 남는다. 이미 미수를 맞는 이 마당에 후회는 부질없지만, 최선을 다하다 내 삶을 허물없이 마감하면 그것으로 지금 내가 할 수 있는 일을 다 하는 것일 것이다.

夢遊桃源圖를 통해 본 한일 양국의 문화적 관련 양상

필자는 80년대에 일 년 동안 일본 나라현의 덴리대학(天理大學)에 교환 교수로 가 있으면서 일본에서 가장 오랜 전통을 가진 조선학과에서 강의를 맡은 경험이 있다. 오랜 친구인 고 오타니 모리시게(大谷森繁) 교수의 권유가 있었을 뿐 아니라, 그곳 도서관에는 이마니시 류(今西龍)를 비롯한 한국 관계 자료들과 〈몽유도원도〉, 〈법장이 의상에게 보낸 편지〉 등 귀중 자료들이 소장되어 있었으며, 대학 인근 이소노가미 신궁(石上神宮)에는 소중한 〈칠지도(七支刀)〉가 보관되어 있어 더욱 욕심이 났던 곳이기도 하였다. 덕분에 당시에는 〈몽유도원도〉, 〈법장의 편지〉, 〈칠지도〉 실물을 마음껏 볼 수 있었으며, 이마니시의 유일 필사본『企齋記異』를 읽고 박사 학위 논문 〈企齋記異 硏究〉를 완성할 수 있었고, 그곳 자료를 복사하여 귀국 후『韓國野談史話集成』(5책)을 출판하는 성과를 거두기도 하였다.

본고에서는 덴리대 도서관에 소장되어 있는 〈몽유도원도〉의 유전 과정을 통하여 한국과 일본 간의 역사 문화적 관련 양상을 살펴

보고, 새삼 우리 문화재의 소중함을 깨닫는 계기를 삼고자 한다.

〈몽유도원도〉를 여러 차례 볼 수 있었다는 것은 꿈같은 일이었다. 그것은 당시 필자가 도서관을 자주 이용하여 도서관장과 각별한 친분을 유지할 수 있어서이기도 하다. 이후로는 실물과 똑같은 고가의 복사품을 제작하여 전시해 두고 방문객들에게는 이것을 열람케 하고, 진품을 보기는 거의 힘들어졌다.

〈몽유도원도〉는 우선 세 단계로 나누어 살펴볼 수 있다. 하나는 이 그림을 당대의 대표적 화가인 안견(安堅)을 통하여 그리게 하였다는 점이고, 둘은 당대 권력자였던 안평대군의 하룻밤 꿈 이야기(1447년 4월 20일)라는 사실이며, 셋은 당대 집현전 학자 세종의 중신 등 모두 21명 명사들의 찬문이 수 미터에 이르는 두루마리 형태로 붙어 있다는 점이다. 단순히 그림 한 장이 아니라 당대의 압축된 일종의 정신사라 할 수 있다.

이 작품은 동양 전래의 이상향 무릉도원 사상을 압축해 보여 주고 있다.

내(안평대군)가 인수(박팽년)와 함께 말을 채찍질하여 들어가니 깎아지른 산벼랑에 나무숲이 울창하고 계곡의 물은 굽이쳐 흐르는데 길은 백 굽이나 돌고 돌아 어느 쪽으로 가야할지 정신을 잃을 정도였다. 골짜기에 들어서니 탁 트인 동굴 모양의 넓은 곳이 나왔는데 2~3리는 되는 듯했다. 사방에 산이 바람벽처럼 치솟고 구름과 안개가 자욱한데 멀리 복숭아나무에 햇빛이 비쳐 어른어른 노을과 같이 아지랑이가 피어나고 있었다. 거기에는 대나무 숲에 띠풀을 덮은 초가도 보였다. 싸리문은 반쯤 열려 있고 흙담은 무너져 있었다. 닭과 개와 소와 말은 없지만 앞 시내에는 조각배 하나가 물길을 따라 이리저리 흔들리고 있어 소슬한 전경이 신선이 사는 곳인 듯했다.

이러한 이상향은 같은 집현전 학자였던 최항과 신숙주도 함께 하였다고 한다. 그가 이 꿈 이야기를 곧 당대의 명장 안견에게 그리게 하고, 비해당 매죽헌에서 이 글을 썼다는 발문이 붙어 있다.

더욱 놀라운 것은 이 그림을 감상한 21명의 찬문이다. 여기에는 정인지, 김종서, 김수온, 최항, 신숙주, 박팽년, 성삼문, 이개 등의 이름도 보인다. 모두 세종의 중신이거나 집현전 학자들이다. 이중 계유정란으로 처형된 학자가 여러 명인 것을 보면 격동기의 시대상도 읽혀지고 있다. 지금 자하문 고개를 넘어 인왕산 아래 위치한 무계정사 일대가 안평대군이 그리던 무릉도원의 배경이 아닌지 추론해 볼 수 있으며, 한 등성이 넘어 안평대군의 비해당 옛터는 자취가 없고 새로 놓인 수성교 돌다리만 덩그러니 옛일을 말해 줄 뿐이다.

아마도 〈몽유도원도〉는 국토가 왜적에게 유린되던 임진왜란 당시 시마즈 요시히로(島津義弘)에 의해 약탈되어 그의 영지 가고시마(鹿兒島)로 들어간 것이 아닌가 생각된다. 그 후 오랜 세월이 지나고 1893년 시마즈의 후손 시마즈 히사지루시(島津久徵) 소장으로 일본 정부에서 감사증이 발부된다. 이때 〈몽유도원도〉가 시마즈 가문에 소장되고 있다는 것이 처음 알려지게 된다. 그는 시마즈 가문의 분가 히오키 시마즈(日置島津) 가문의 13대 당주였다. 그 후 이 작품은 다시 후지다(藤田)라는 사람에게 넘어갔다가, 1920년대에 다시 오사카의 장사꾼 소노다 사이지(園田才治)에게 매매가 이루어지며, 이 무렵 경도대학(京都大學)의 동양 사학자 나이도 고난(內藤湖南)에 의해 최초로 미술품의 가치가 평가된 후, 1933년에 일본은 이를 일본 중요 미술품으로 지정하기에 이른다. 그리고 이듬해 1934년에는 이 작품이 『朝鮮古蹟圖譜』에 수록되기에 이른다. 그 후 소노다의 아들 준(淳) 대에는 이를 다시 일본 국보로 지정하기에 이른다. 이후 이 작품은 해방 후 표구가 되어 동경의 미술상 용천당에 매매되어 입소문을 타고 한국에도 널리 알려지게 되며, 국립 박물관에도 수천 달러에 매수 요구가 있었으나 그 값을 치르지 못해 돌려받지 못했다는 애틋한 일화가 전해지고 있다. 혹설에는 이 작품이 친일파 장석구의 손에 들려 부산에 나타나 당시 3백만 원을 호가하였으며, 최남선, 이광수 등도 이 작품을 감상하였다는 이야기가 전해지고 있다.

그 후 1950년 〈몽유도원도〉는 결국 나라현 덴리교 재단의 덴리대학이 고가로 매입하기에 이른다.

1953년 덴리교 2대 교주 나까야마 쇼젠(中山正善)이 〈몽유도원도〉가 매물로 나왔다는 소문을 접하고, 작품이 현장에 나타나자, 값은 알려지지 않았으나 고가에 매입하여 도서관에 소장하게 되었다는 것이다. 교도대학의 고미술학자 미즈노 세이지가 동석하여 구매에 도움을 준 것으로 알려져 있다. 이 나까야마 교주는 앞서 1925년에 한반도 포교를 예측하여 덴리 외국어학교를 설립하고 여기에 조선어학과를 창설 당시부터 두었으며, 이것이 바탕이 되어 훗날 덴리대학(1949)이 설립되고 이듬해(1950)에는 관계 학술 단체인 〈조선학회〉가 설립되기에 이른다.

〈몽유도원도〉는 지금까지 세 차례 한국에 나와 전시되었다고 한다. 1986년에는 경복궁 중앙박물관 개관을 기념하여 15일 간 전시된 적이 있는데, 이를 보러 온 인파가 계속 밀려들자 박물관 측이 기간 연장을 요청하였으나, 덴리대는 이를 거절하고 대신 정교한 영인 작품을 대여하였다는 소문이 나돌기도 하였다.

〈몽유도원도〉의 유전은 그 자체의 가치에서 뿐 아니라 한일 양국의 역사 문화적으로 긴밀한 관련성을 맺고 있으므로 결코 단순하게 다룰 수 없는 의미를 지닌 것이라 생각된다. 임진왜란을 통해 일본으로 강제 유출되어 여러 손을 거치면서 이미 일본의 국보로 지정된 바 있으며, 그 후 고가로 매매되어 일본 땅에 남아 있다.

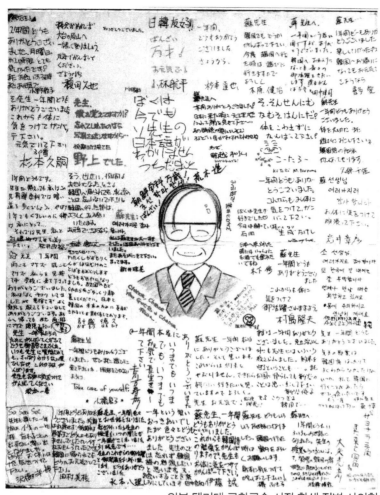

일본 덴리대 교환교수 시절 학생 전별 사인첩

몽유도원도

그러나 우리 입장에서 원적을 따지자면 당연히 반환받아야 마땅하다. 이러한 사례는 비록 임진왜란 뿐 아니라 가깝게는 40년 일제 강점기에서도 수없이 찾아 볼 수 있다.

한일관계에 얽힌 문화적 교환과 이에 따른 이해관계는 원칙과 상관성을 놓고 지혜롭게 풀어 나가야할 사안이라 생각되며, 그 하나의 본보기로 〈몽유도원도〉가 자리하고 있다고 할 것이다.

'十勝地'의 문화사적 探索

이른바 '십승지'란 정감과 이심이 조선 팔도를 둘러보고 풍수 이론을 통하여 한반도의 국운과 미래를 예견한 문답체의 글을 말한다. 한반도는 특히 역사적으로 많은 환란을 겪었다. 고려조에는 지루한 몽고의 난이 있었고 조선조에 접어 들어서는 임진왜란과 병자호란을 겪었다. 이러한 전쟁과 재난 속에서 살아남기 위해서는 현실적 재난을 직접 감당해야 했지만 어느 곳에 가야만 환란을 피해 살 수 있는가, 어느 땅이 전란을 피할 수 있는 복지인가를 생각하게 되었으며, 바로 이러한 현실 도피적 생각을 파고든 곳에 정감록의 '십승지 사상'이 깃들어 있음을 살펴 볼 수 있다.

'십승지'는 영주 풍기, 봉화 춘양, 예천 금당실, 합천 가야산, 보은 속리산, 남원 운봉, 공주 유구 마곡, 영월 미사리 연하리, 무주 무풍, 부안 변산을 일컫는다. 이들 십승지는 이렇게 나열해 놓고 보면 모두가 예부터 교통이 불편하고 사람들의 발길이 좀처럼 닿을 수 없는 심산 오지임이 공통적이다. '십승지'를 찾으면 외지와 떨어져 있어 전란도 피할 수 있고 어떤 형태로든지 난시에도 생명을 보존할 수 있다는 일종의 은둔사상과 맥이 닿아 있다.

필자는 이 '십승지' 가운데서 우선 절반에 해당하는 영남 지역에 한정하여 언급해 보고자 한다.

그 첫 번째 지역은 영주 풍기 지역이다. 재난에 몸을 숨기기로는 소백산이 으뜸이라 하였다. 조선 초의 『도선비기』에서는 바로 소백산을 끼고 있는 풍기 금계촌이 훗날 전란에서 안전을 도모할 수 있는 최고 최적의 장소라고 언급하고 있다. 조선조 최고의 예언자였던 격암 남사고 역시 그의 『격암유록』에서 소백산 아래 금계촌을 제일의 승지로 꼽고 직접 그곳을 답사한 바 있다.

풍기 십승지 금계촌이 세상에 알려지면서, 특히 6·25 전란 당시에는 이북 땅 평안도, 함경도 일대에서 피란하여 이곳을 찾아 정착한 가구들이 많이 생겨났으며, 오늘날도 이곳은 남북의 생활과 언어가 공존하는 땅으로 알려져 많은 문화 지리학자들의 관심의 대상이 되고 있다. 특히 풍기 금계촌의 금계 바위는 흡사 금닭의 형상을 하고 있으며, 이 산 아래서는 퇴계의 문인이었던 금계 황준량 선생이 이곳을 찾아 정착 독서를 하였다는 일화도 전해지고 있다. 퇴계 이황도 일찍이 그의 외가이고 처가인 영주와 풍기가 풍수적 명소임을 자랑하고 소백산을 탐승하고 있는 것을 보면, 새삼 영남 제일 명승으로서의 풍기 금계촌이 특히 풍수학 상으로 빼어났음을 알 수 있다.

奉化 春陽은 지금도 오지로 이름난 곳인데, 고건축 자재인 춘양목 금강송으로 지금도 명성을 가지고 있는 고장이기도 하다. 특히 춘양의 십승지 마을로 알려진 곳은 도심리다. 조선조에 접어들어서도 이곳은 임진왜란 등 전쟁을 피해 찾아드는 사람들이 많았다고 전해진다.

『정감록』에서도 이 땅을 '召羅國 古基'라 하였듯이 이상적 부족 소국으로 알려진 땅이다. 봉화군 춘양면은 태백산 남쪽 각화산 아래 위치하고 있으며, 춘양면 소재지에서 약 이십 리 정도를 더 들어가야 도심리에 당도한다. 앞으로는 시내가 가로지르고 뒤로는 험한 산맥으로 가로막힌 오지, 냇물을 건너면 언제인지는 알 수 없지만 '石門洞天'의 암각이 서 있고 그 안쪽에 한밤중에라야 세상이 열린다는 '子開洞'의 모습이 드러난다고 한다. 태백산 중턱 각화산, 문수산 시루봉 등에 둘러싸인 이곳 산간 오지 마을은 넉넉한 들판과 청정수 냇물을 지니고 있어 그야말로 옛적 무릉도원의 제반 요건들을 갖추고 있는 곳이라 할 수 있다.

한편 소라국의 옛 궁궐터는 답사자들의 기록에 의하면 지금도 그 자취가 석물 와당 조각들과 함께 남아 있다고 하며, 지금은 그곳이 무성한 나무 등걸들로 에워싸여 있다고 한다. 이곳에서 그리 멀지 않은 곳에는 조선왕조 사대 사고의 하나인 태백산 사고 터가 위치하고 있는데, 이것을 감안하면 이 땅이 전화나 인재를 피할 수 있는 오지 중 오지였던 셈이다.

또 이곳이 명당이었음을 증명하는 하나의 사례로 서애 유성룡의 친형인 겸암 유운룡의 유적비가 서 있다는 사실을 들 수 있다. 〈文敬公謙菴柳雲龍先生道心村遺跡碑〉가 그것이다. 아마도 겸암은 임진왜란 당시 하회마을에서 가족들을 데리고 이곳 도심촌에 피란을 왔던 모양으로, 이 사실을 기려 후대에 이곳에 세운 기념비라 할 수 있다. 이것이 인연이 되어 임진왜란이 끝난 뒤 서애 유성룡도 이곳을 찾아 징비록 집필을 계획하였다는 이야기도 전해지고 있다.

醴泉郡 용문면의 금당실 마을은 예부터 명당으로 소문난 곳이다. 『정감록』 감결에는 금당실을 조선 십승지지 가운데 다섯 손가락 안에 드는 고장으로 꼽고 있으며, 格菴의 〈산수십승보길지지〉에도 "금당동의 북쪽 골짜기가 십승지지이며, 지세가 깊숙하지 못하고 드러난 곳이기는 하나 병란이 침범하지 못해 대대로 평온을 누릴 수 있는 고장"이라고 언급하고 있다.

금당실은 원래 이곳에 사금이 많이 채취되어 붙여진 이름이라 한다. 대한제국 시절 정승을 지낸 이유인은 명당인 이곳을 찾아와 명성황후의 신변을 보호하기 위해 99간의 행궁을 지었는데, 그 후 명성황후의 시해와 함께 이 저택도 허물어지게 되었다고 한다. 아마 그 당시에도 금당실이 명당으로 소문이 났던 모양이다.

드넓은 금당실 분지는 산으로 둘러 싸여 있고 워낙 분지가 넓어 6 · 25 전쟁 때도 이곳은 큰 피해를 입지 않았다고 한다. 그리고 마을 가운데는 금곡천과 선동천의 마르지 않는 개울이 있어 드넓은 들판에 항상 물을 제공해 줌으로써 먹을 것이 풍족하고 질병도 이곳을 피해 간 역사를 통하여 명당의 입지 조건을 새삼 확인해 주고 있다. 금당실 북쪽의 소백산 줄기가 빠져 나와 이곳 오미봉을 형성하였는데, 이 오미봉과 금당실 들판을 이어 주는 산세가 범상치 않아 금당실에는 예부터 인재들이 많이 태어났다고 한다.

『대동운부군옥』의 저자인 초간 권문해도 이곳 금당실에서 태어났는데, 그는 일찍이 고향 땅에서 초간정을 짓고 살며 저술에 전념하여 지금까지 '운부군옥'의 목판이 이 고장 장판각에 남아 전해지고 있다. 우리나라 최초의 백과사전인 셈이다. 또한 용문은 고택들이 많이 남아 있기로도 유명한데, 숙종 대에 예판을 지낸 김빈의 반송재를 비롯하여 함양 박씨 고택 등 예천 문화재 가옥의 절반을 이곳 용문면이 간직하고 있다. 조선조 대과 급제자들도 가장 많이 난 고장이다.

합천 가야산 만수동 또한 명당으로 이름난 곳이다. '萬壽洞'이란, 감결서에는 실재하는 지명이 아니라 장수하는 고장이라는 상상적 지명으로 쓰이고 있다. 가야산 만수동은 오늘날 가야면 치인리, 해인사를 등지고 있는 가야산과 매화산에 감싸인 분지 일대를 일컫는다고 할 수 있다. 젊은 시절 가야산을 등반해 본 경험이 있는데, 그 험준함과 수려함이 만수동을 상상할 정도로 인상 깊게 뇌리에 남아 있다.

최치원은 12세에 중국에 들어가 6년을 공부하고 빈공과에 급제하여 남경 근처 율수 현위로 벼슬살이를 시작했다. 아마도 그는 금산을 지나 신라인 김교각 스님이 창건한 구화산도 찾았을 것으로 생각된다. 황소의 난 때는 〈토황소격문〉을 써서 명성을 떨치기도 하였다. 그러나 그가 귀국한 후에는 태인, 함양, 서산 태수를 역임하며 떠돌다 해인사가 있는 가야산에 은거하여 자취를 감추었다고 한다.

홍류동 계곡에도 그의 자취가 농산정과 시어로 남겨져 전한다. 해인사 경내의 학사대라 일컫는 오랜 전나무는 최치원이 가야산을 향하며 꽂아 놓은 지팡이가 살아나 우람한 아름드리로 자라며 그의 자취를 설화하고 있다.

光海君과 燕山君의 流刑과 最後

　조선조 역사에서 두 폐왕 광해군과 연산군의 유형과 그들의 죽음을 회고한다는 것은 당대 뿐 아니라 오늘날의 정치 제도 상으로도 되돌아볼 만한 가치가 있다고 생각된다. 연산군은 1506년, 중종반정으로 폐위되어 강화의 부속 도서 교동도에서 위리안치된 지 3개월 만에 31세의 젊은 나이로 병사하여, 그곳 교동도에 안장되었다가 그 후 7년 만에 폐비 신씨의 요청으로 지금의 방학동(임영대군의 땅)으로 이장되었다. 한편 광해군은 교동을 거쳐 제주도에 이배된 후 1641년(인조19년) 유배지 제주읍에서 사망하여 임시로 그곳에 묻혔다가, 그로부터 2년 후 지금의 남양주시 진건읍 송릉리로 이장되어 지금에 이르고 있다.

　필자는 일찍이 연산군이 유배되었던 현장(교동 읍내리 270번지)을 방문한 적이 있는데, 당시에는 위리안치의 현장이 밭으로 변해 있었으며, 다만 연산군이 물을 길어 마셨다는 우물터만 남아 있고 연산군의 영혼을 모신 한 무당 만이 쓸쓸히 그곳을 지키고 있었다. 그러나 지금은 그곳이 교동대교로 강화와 연결되면서 관광지

로 바뀌어 유배 가옥이 복원되고 기념비와 함께 위리안치의 현장
이 재현되어 있다.

　연산군은 성종과 폐비 윤씨 사이에서 태어나 7세 때에 일찍 세
자로 책봉되었으며, 19세에 왕위에 올라 많은 공적도 남겼다. 붓
글씨와 시로도 이름을 떨쳤다. 그러나 그 후 그는 훈구파의 유자
광, 이극돈 등이 김종직의 〈조의제문〉을 구실로 이른바 무오사화
를 일으키자 사림파를 숙청하는 한편 생모 윤씨의 사사 사건을 듣
고 갑자사화를 일으켜 김굉필 등 제신들을 살해하는 비극을 연출
하게 된다. 이러한 비행이 계속되자 드디어 박원종, 성희안 등이
쿠데타를 일으켜 성종의 2남 진성대군(중종)을 옹립하여 이른바
중종반정이 일어나게 되는데, 연산군은 이런 반정 세력에 밀려 교
동 유폐의 비극을 겪게 되고, 이러한 충격이 결국 그를 죽음으로
몰아가기에 이른다.

　한편 광해군은 임진왜란 당시 피란지 평양에서 세자로 책봉되
는데, 그 후 소북은 영창대군을 지지하고 대북은 광해를 지지하여
결국 당쟁으로 확대되었으며, 광해군은 한때 임란 당시 명청 사이
에서 중립 외교를 펼쳐 공적을 인정받기도 하였다. 그러나 이이
첨, 정인홍 등이 인목대비를 삭호하고 서궁에 유폐하는 폐모사건
까지 벌어졌다. 결국 인조반정으로 쫓겨난 광해군은 연산군이 유
배되어 참혹한 죽음을 당하였던 교동도로 다시 유배의 길을 떠나

게 되었으며, 그 뒤 충청도 태안으로 잠시 이배되었다가 다시 중죄인의 유형지였던 제주도로 이배되기에 이른다. 이미 세자 시절부터 왕권을 위임받아 행해진 정치의 연장선이었으나, 영창대군을 유폐하고 인목대비를 유폐한 죄, 조선을 구원한 명을 버리고 청을 편든 죄 등 갖가지 죄목이 추가되어 인조반정의 주동 세력에 의해 결국 축출된 것이다. 제주에 이치하는 동안 광해군에게는 행선지를 알리지 아니하고 배에는 사방에 휘장을 가려 어디로 가는지 알지 못하도록 호행 별장에게 엄명을 내렸다고 한다. 배가 제주의 어등포에 도착하자 이튿날 제주목 성내로 들어가 망경루 서편에 위리안치된다. 이형상의 『남환박물』에는 광해군의 배소가 서문 안에 있었다고 기록하고 있다. 광해군은 제주에 이배된 지 만 4년이 지난 1641년(인조19)에 67세의 나이로 세상을 떠난다. 인조반정으로 쫓겨난 지 무려 18년 만이다. 광해군의 죽음이 확인되자 당시 제주 목사 이시방은 먼저 조정에 그의 죽음을 알리고, 시신을 염습한 후 관덕정에서 장례의 절차를 갖추었다고 한다. 염습된 시신은 화북포에서 배에 실려 생전의 유언에 따라 양주의 생모 공빈 김씨의 묘 아래 안장된다.

강화의 교동 땅은 연산군이 운명한 땅으로는 널리 알려져 있지만, 광해군의 유배지로는 그리 알려져 있지 않다. 광해군은 제주에서 운명하였기 때문이다. 광해군이 적사에서 운명한 날은 오랜

교동 연산군 잠저지

가뭄 끝에 비가 내렸다고 한다. 그 비를 제주 사람들은 '광해우'라 불렀다는 기록이 전한다. 광해군이 유배생활을 하였다는 장소는 동문로의 국민은행 지점 어름이라 하여 지금 그 자리에는 제주시가 세운 조그만 표석 하나가 파란만장한 광해군의 유배생활과 생애를 말해주고 있다. 광해군이 교동 섬에서 제주도로 떠날 때 지었다는 시 한 편을 소개해 본다.

바람은 흩뿌리는 비에 불어 성 모퉁이를 지나고
장기의 후덥지근한 음기는 백 척 누대처럼 솟구치네
창해의 성난 파도는 어스름히 저물어 오고
푸른 산의 슬픈 빛은 맑은 가을에 둘러지네
돌아가는 마음속에서 왕손초나 실컷 보았더니
나그네의 꿈속은 왕자의 고을에 자주 놀라네
고국의 존망은 소식조차 끊어지고
안개 낀 강물 위에는 외로운 배만 누웠네 (칠언율시)

교동도에서 떠날 때의 광경, 배를 타고 푸른 바다를 건너 제주로 향하는 심정, 제주에 당도하여 서울을 그리는 참담한 심정이 그대로 이 시에 드러나고 있다. 광해군이 제주에 닿은 곳은 어등포, 지금의 제주시 구좌읍 행원리에는 지금 초라한 표석 하나가 세워져 있다. 『하멜표류기』에 "우리는 지금 임금이 유배 와서 머물던 집에서 기거했다."라는 기록이 있는 것으로 보아, 하멜 일행도 처음에는 이곳에서 머문 것으로 생각된다. 광해군의 유배처에는 속오군이 번갈아 번을 섰으며 궁녀들이 함께 모시고 지냈다는 기록을 보면, 비록 유배생활이지만 그를 모신 여인들과 함께 지내는 등 상당한 예우를 받았던 것으로 생각된다. 광해군의 묘는 연산군에 비해 초라하기 그지없다. 근년에는 조선 왕릉의 대부분이 유네스코 문화유산으로 등재되었으나, 연산군과 광해군 묘는 여기에서 제외되었다. 죽어서도 폐왕의 차별 대우를 받고 있는 셈이다.

古群山 仙遊島 기행

우리나라 아름다운 섬을 대표하는 몇 곳을 든다면 선유도, 선재도, 우도, 외도, 비진도, 소매물도, 연화도 등을 손꼽을 수 있다. 그 중에서도 고군산 열도의 선유도는 문화지리적으로 가장 아름다운 섬의 하나가 아닌가 생각된다.

고군산 열도는 군산 서남쪽 50킬로 해상에 위치하고 있는 선유도를 비롯하여 야미도, 신시도, 무녀도, 장자도 등 63개의 섬으로 구성되어 있으며, 이 중 16도가 유인도로 알려져 있다. 이 중 현재 새만금 방조제가 지나는 신시도에서 무녀도, 선유도를 거쳐 장자도에 이르는 물길은 각각 단등교(신시도-무녀도), 선유교(무녀도-선유도), 장자교(선유도-장자도)로 이어져 있어 교통이 편리할 뿐 아니라 교량 자체가 각각 현수교 아치형 사장교의 형태로 되어 있어 또 하나의 구경거리를 제공해 주고 있다. 특히 이곳 선유도는 진시황의 방사 서복이 불로초를 구하기 위해 중국에서 출발하여 처음으로 경유한 곳이라고 전승되고 있어서 신선사상의 발원지로도 널리 알려져 있다.

선유도에는 해발 백여 미터의 암벽 선유봉이 우뚝 솟아 있는데, 마치 두 신선이 마주 보고 앉아 바둑을 두는 형상과 같다고 하여 선유도란 명칭이 유래했다고도 한다. 두 암벽 사이에는 송림이 우거져 풍수학 상으로도 기가 서린 명당으로 보인다. 서긍의 『고려도경』을 보면 큰 섬은 도(島), 다음 크기의 섬은 서(嶼), 작은 암초는 섬(苫)이라고 구분하였다는 기록과 함께, 당시 남송의 도읍이었던 닝보(寧波)에서 고려 개경에 이르는 사신선이 이착륙하는 섬을 소상히 기록하고 있는데, 여기서 보면 협계산(소흑산도)을 지나 소주양 내 군산, 마도 모두 다섯 섬을 지나는데, 이곳이 고군산열도임을 짐작할 수 있다.

또 고려 당시에는 이곳이 왜구와의 전투에서 승리한 진포 해군 기지였으며, 조선 시대에는 임진왜란 당시 함선의 정박 기지로 해상 요충 역할을 하였다는 기록이 있다. 선유도는 원래 세 개로 분리된 섬이었으나 가운데 긴 사주가 발달되면서 하나의 섬으로 변형되어 오늘날은 해수욕장으로 만들어졌으며, 이곳에 유배된 사람들이 육지가 그리울 때면 가장 높은 망주봉(152미터)에 올라가 임금을 그리워하였다는 이야기도 전해지고 있다. 이곳 망주봉은 하나의 신성 공간으로 밀물 때 바닷물에 드리우는 또 하나의 망주봉이 마주 어우러져 수평선을 경계로 형형색색의 모습을 연출해 낸다. 또한 이곳은 썰물로 바닷길이 열리면 모세의 길이라 하여 바다 안길을 직접 걸어볼 수 있는 신선한 체험 공간도 확보되어 있다. 오랜 패총과 풍장의 흔적, 수군절제사 선정비가 이 섬의 역사를 증명해 주고 있다.

한편, 선유봉 너머 장자도에는 과거를 보러 간 선비의 외도로 남편을 기다리던 아내가 아들을 등에 업고 하염없이 기다리다 돌이 되었다는 할미바위가 우뚝 솟아 있어 이곳을 향해 두 손을 모으면 소원이 이루어진다고 하며, 건너 편 대장도는 샘물이 맑아 고기잡이 나간 어부의 아내가 이 물로 정화수를 떠 놓고 기원하면 풍랑을 잠재워 주었다는 일화도 전해지고 있다.

선유도에는 고군산 팔경이 널리 알려져 있다.

명사십리 해수욕장, 선유낙조, 평사낙안, 망주폭포, 장자어화, 월영단풍, 삼도귀범, 무산 십이봉의 이른바 고군산 절경들이다. 선유도 해수욕장은 길이가 근 이백 미터에 이르는 사질 좋은 해수욕장으로 여름철은 이곳을 찾는 관광객으로 넘쳐 난다고 한다. 해당화도 해수욕장의 운치를 더하고 있다. 선유도에서 바라보는 낙조는 서향 바다가 트여 있어 일몰의 광경이 프리즘처럼 더욱 장관을 이룬다. 평사낙안은 백사장의 팽나무 숲이 그 운치를 더욱 자극한다. 우기의 망주폭포는 귀양 온 선비가 임금님을 그리워하는 눈물에 비유되기도 한다. 장자도와 관리도 사이 탁 트인 바다의 고깃배들의 어화 풍경도 팔경에서 빼놓을 수 없다. 가장 큰 섬 신시도의 단풍은 사면이 바다의 푸르름과 달빛이 어우러져 더욱 아름답다. 선유도 앞 세 섬이 만선의 돛단배 같다는 삼도귀범, 방죽도, 명도, 말도의 12봉이 마치 도열한 무산 십이봉 같다는 무산 십이봉의 고군산 팔경은 섬 풍경, 섬 문화의 절정을 이룬다.

고군산 군도의 곳곳에는 최치원 설화가 전승되어 오고 있다. 서유구는 그의 〈교인 계원필경집 서문〉에서 최치원을 옥구인이라 언급하고 있다. 『삼국유사』에 보이는 최치원의 경주 출생설과는 다른 견해다. 이곳에 전승되는 수많은 최치원 설화가 이를 뒷받침하고 있다. 무녀도에는 최치원이 태어났다는 황금 돼지굴이 있다. 신시도의 월영대에는 최치원이 거문고를 타고 책을 읽었다는 독서대가 있는데, 그곳에서 독서를 하면 그 소리가 낭랑하여 중국에까지 들렸다고 전한다. 이곳 심리는 최치원의 은둔처, 대각산은 최치원이 깨달음을 얻은 산으로 전해진다. 한편 선유도의 오룡당은 이순신 장군이 명량대첩에서 승리한 후 이곳에 와서 바다에 빠져 죽은 수많은 병사들의 영혼을 위로하기 위해 제사를 지냈던 곳으로 알려져 있는데, 후대에 내려오면서 바다에서 죽은 원혼을 위로하는 별신굿의 명소로 지금까지 전해지는 것을 알 수 있다.

고군산 열도, 특히 선유도는 우리나라의 대표적 아름다운 섬의 하나로 우리에게 전해지고 있는데, 그 역사 지리적 명성 뿐 아니라 최치원 이순신 같은 역사 인물들의 전승처로도 널리 알려지고 있어 우리가 소중하게 가꾸어야 할 섬 문화유산임을 깊이 인식해야 할 것이다.

압록강에서 북경까지, 연행사 이천 리 길을 따라가다

청 입관 이후 조선 사신들이 동지사, 정조사 등으로 황제 알현을 위해 청나라에 다녀 온 횟수 만도 수백 회에 이르는데, 압록강을 건너 북경까지의 거리가 이천 리 길, 왕복 근 반년의 날들을 정사, 부사, 서장관 등 4백여 명의 대 집단이 이동하였으니 결코 쉬운 연행 길이 아니었다. 떠날 때 앓던 아내가 돌아오면 죽은 후이기도 하고, 병든 부모의 임종을 못 본 슬픔도 맛보아야 했기에 연행 길은 반드시 좋은 길 만이 아니었다.

필자는 여러 해 전 우연한 기회에 선인들의 자취를 따라 이 길을 직접 답사해 본 경험이 있다. 압록강을 건너 책문까지는 백여 리 길, 이곳은 국경이 구획되어 있지 않고 민가가 없는 황무지여서 밤이 되면 대 군단이 노숙을 한다. 봉황산을 지나기까지는 아직 중국 땅임을 실감하지 못하나, 봉성시에 이르면 봉성 후시를 통해 처음으로 양국 간의 소통과 상거래가 이루어지기도 한다. 여기서부터는 사뭇 험준한 고갯길, 분수령, 고가령, 마천령, 청석령을 넘는다.

청석령 지나거냐 초하구 어드메뇨
　　호풍도 차도 찰사 궂은 비는 무슨 일고
　　뉘라서 내 행색 그려내어 님 계신데 드릴고

　위의 시조는 병자호란 당시 청 태종의 인질로 잡혀 험준한 청석령을 넘던 봉림대군의 작품으로 우리에게 널리 알려져 있다. 여기서 낭자산을 넘으면 일망무제의 요동 들이 펼쳐진다. 연암 박지원도 이곳에 이르러 끝없이 펼쳐지는 요동 들을 바라보며 울음을 터뜨렸다는 현장이기도 하다. 이 들판을 지나면 옛 선인들이 마음의 국경선으로 여겼던 요하와 마주친다. 요하는 우기가 되면 드넓은 강폭이 범람하여 연행사들도 그 물이 줄어들도록 며칠을 기다려 옷을 벗어 머리에 이고 건넜다는 기록이 있다. 연행 길을 가로막는 가장 큰 장애물이 요하, 대릉하, 소릉하, 난하를 건너는 일이었음을 선인들이 기록한 연행록을 통해 살펴볼 수 있다.

　요하의 한 지류인 태자하를 건너면 바로 누르하치가 첫 도읍지로 삼았던 요양 땅이다. 요양에는 명대부터 조선관 고려문이 있었다고 전하며, 고구려 동명왕의 사당이 있어 연행사들이 이곳에 입성하여 참배를 하였다는 기록도 있다. 누르하치는 나중 요양에서 심양으로 도읍을 옮긴다. 심양에는 민족의 한이 서린 병자호란의 옛 자취가 남아 있다. 『심양현지』에 의하면 "대남문 안쪽에 고려관 호동이라는 지명이 보이는데, 이곳이 옛 조선관 자리"라고 하였

청태종이 거처했던 심양의 황궁(고궁) 일부

연행사가 중국에 첫 발을 딛은 봉황산

다. 심양 노예 시장에서는 당시 조선인 포로들이 속전을 내지 못해 여러 지역으로 팔려 나갔는데, 그 처참한 광경을 우리는 『심양일기』, 『심양장계』에서도 찾아 읽어 낼 수가 있다. 특히 삼학사인 홍익한, 윤집, 오달제 세 사람의 처형 장소는 이전 프랑스 천주당이 자리했던 오늘의 시립 중산공원 언저리로 추정되는데, 오늘날 이곳을 찾는 사람들로 하여금 회한의 정을 품게 하고 있다. 훗날 삼학사의 청절을 기리는 〈삼한산두비〉가 심양 땅에 우뚝 세워졌는데, 오늘날은 이 비가 새로 건조되어 심양의 조선족 대학인 발해대학 교정에 우뚝 서 있다.

상고사를 연구하는 일부 학자들은 요하에서 난하에 이르는 광활한 중원 대륙을 우리 고조선의 영토로 구획한다. 박지원은 이미 연행 길에서 백이숙제의 사당과 수양산이 있는 이곳 난하의 물이 유독 맑은 사실을 언급하고 있는데, 『노룡현지』에 의하면 이곳에 이미 '조선현'이 존재하고 있어 한반도의 조선과 매우 관계가 깊었을 것이란 주장이 나오고 있다.

노룡, 영평을 지나 풍윤현에 이르면 병자·정축호란 이후 청에 납치되어 온 조선인들이 거주하였다는 고려포 역참이 자리잡고 있다. 이곳은 벼를 심는 수전은 물론 조선인들의 가옥 양식과 풍습이 그대로 남아 있었으며, 고려인들의 민속품들을 모아 전시하고 있는 자료관이 아직 남아 있기도 하다. 『열하일기』의 기록에 의

하면, 연행사들이 이곳을 지날 때면 이곳 주민들 가운데 김치와 인절미를 파는 아낙네들이 많았으며, 처음은 같은 민족이라고 조선인들의 연행을 반겨 숙박을 즐겨 제공하기도 하였으나 나중에는 이들이 그곳에 머물며 악행도 서슴지 않아 기피하기도 하였다고 한다.

특히 연행사들에게 연행 길에서의 관심사는 천산, 의무려산, 각 산 기행과 산해관에서 느끼는 이역 땅의 감회였다.

천산은 동북의 명산 가운데 으뜸가는 산으로, 그 봉우리가 천을 헤아린다고 하여 붙여진 이름이다. 선인들의 답사기에 의하면 천산은 기이하지 않은 봉우리가 없고 무엇인가 닮지 않은 돌이 없고 오래되지 않은 절간이 없다고 한다. 필자가 천산을 찾았을 때도 문화 혁명의 영향으로 많은 문화 유적이 파괴되었으나 천하 명산의 위용을 그대로 갖추고 있었다.

의무려산은 북령 서북에 위용을 자랑하는 산으로, 담헌 홍대용이 귀국 길에 이곳을 찾아 의산 승경을 탐사한 후 유명한 『의산문답』이란 저술을 남긴 곳으로도 이름 나 있다.

의무려산 입구 북진묘는 역대 황제들이 참배한 장소로 수많은 묘정비들이 운집되어 있다. 특히 건륭 황제의 석비에는 조선 여인 김비의 기록이 눈을 끈다. 그녀는 당시 조선 예부시랑 김간의 누이로 건륭제와의 사이에서 황태자까지 낳은 여인이다. 김간은 김

수양산

조선인 거주지 고려포

연행사 필수 코스 의무려산 등반

산해관 '천하제일관'

북진묘 건륭제비에 왕비(조선 여인)의 기록이 있다

상명의 손자인데, 『열하일기』에서 보면 그가 옹정제의 중신으로 총애를 받았다고도 하고 있다. 이 비는 그 후 조선 연행사들이 찾는 필수 탐방 코스가 되기도 하였다. 여기서 멀지 않은 곳에는 임진왜란 때 조선에 출병했던 이여송의 아비 이성량의 패루가 그 위용을 자랑하고 서 있는 것을 볼 수 있는데, 역대 연행사들도 이 북진묘, 의무려산을 인연의 땅으로 여겼을 것임이 분명하다.

한편 각산은 산해관의 서쪽 줄기 상단에 있는데 그곳 각산사에 오르면 중원으로 들기 위해 산해관을 가로질러 끝 간 데 없이 뻗은 물길을 바라보며 본격적으로 중원 땅에 입성하는 기분을 마음껏 느끼게 하는 고장이기도 하다.

필자는 한중 수교 직후 돈황학회 일행과 함께 돈황 석굴을 탐방하고 만리장성의 끝자락 가욕관을 찾은 적이 있는데, 이 산해관 장성이 북경을 거쳐 가욕관까지 이르고 있다는 생각을 하면서 중국 땅의 광활함을 새삼 실감한 바 있다.

요동 벌판을 지나 심양 땅에 들어서면 당시 청나라 지배 하에서도 명나라를 섬기려 했던 조선 지식인들의 갈등이 시작된다. 병자호란 이후 조선 역사의 비극적 현장이 여기에 옮겨져 있었기 때문이다. 이런 의식은 대릉하, 소릉하로 경계 지어지는 소위 관외 사성, 금주, 송산, 행산, 탑산의 명청 격전장을 지나면서 그 갈등이 극점에 달한다. 청 태종은 조선 포로로 잡혀 온 소현세자, 봉림대군을 믿지 못해 이곳 전쟁터에 데려와 묶어 놓고 싸움을 벌였다고 기록하고 있다. 이러한 연행사의 갈등 의식이 산해관을 넘으면 점차 청 지배의 현실 의식으로 전환되어 간다.

조선 지식인들에게는 명, 청 사이를 오가는 갈등이 연행 기간 내내 머릿속을 지배하였을 것이다. 그러기에 연암 박지원도 그의 『열하일기』 서문에서 "청나라가 지배한 지 오랜 조선 땅에서 아직도 명나라 연호를 쓰고 있다."고 풍자하지 않았던가.

일본 문화의 겉과 속

필자가 일본 문화에 대하여 처음 접한 글은 아마도 김소운의 〈木槿通信〉이 아닌가 생각된다. 일본인들의 친절한 인사성, 정직과 예절 그리고 각종 미적 수사들이 뇌리에 남아 있어 이웃 일본에 대한 일종의 환상을 불러일으키는 계기가 되기도 하였다. 그 후 오랜 세월이 지나고 일본에 일 년 간 교환교수로 체재하는 동안에 루스 베네딕트의 『국화와 칼』을 새삼 읽을 기회가 있었다. 그는 "가슴에는 국화꽃을 꽂고 있으면서 허리에는 칼을 차고 있는 사람"을 일본인으로 보았다. 칼과 국화는 어찌 보면 표리 관계를 갖고 있다고 할 수 있다. 국화와 칼은 평화와 전쟁을 상징한다고도 보인다. 예의 바르면서도 적응력이 뛰어나며 유순하면서도 분노를 조절하지 못하며, 용감하면서도 겁이 많고 보수적이면서도 새로운 것을 잘 받아들인다고 한다. 예술을 즐기고 꽃과 정원 가꾸기를 좋아하지만, 동시에 칼을 숭배하고 무사에게 최고의 숭배를 돌린다고 한다.

베네딕트는 일본 문화의 특성을 '집단주의와 수치(恥)의 문화'라고 규정하고 있는데, 집단성 외에 도덕적 기준을 죄의 내면적 자각에 두고 자신을 다스려 나가는 서구문화에 대하여, 일본 문화는 주위를 의식하면서 타인의 비판을 기준으로 삼는 '수치의 문화'라고 규정하고 있다. 이른바 '수치의 문화'란 너무 단순 압축된 감은 있으나 일본 문화를 가장 적절한 키워드로 표현하였다는 느낌이 든다. 베네딕트는 죄를 범하는 것보다 그것으로 명예를 더럽히는 것을 더 두려워한다고 보았다. 세상이 자신을 어떻게 보는가, 즉 타인을 의식하는 행위가 사고의 기조를 이룬다고 그는 보고 있다.

어떤 이는 작은 것에서 미적 쾌락을 찾고, 세련된 미의식을 지녔으며, 실리성과 순수성을 지닌 것이 일본인의 특색이라 하고, '혼네'(本音)와 '다데마에'(建前)가 다르다고도 말한다. 여기서 '혼네'는 개인의 본심을 가리키고 '다데마에'는 사회적 규범의 의견을 나타낸 말이다. 예컨대 공식 석상에서는 집단의 방침을 따르는 듯한 의견을 냈다가 비공식 석상에서는 전자와 다른 본심, 즉 '혼네'의 이중적 표현을 한다는 의미다. 국화와 칼의 논리는 여기서도 적용된다.

일본의 근대 석학 와스지 데스로(和辻哲郎)는 일본의 국민성을 '조용한 격정과 희생적 전투심'이라 기술하고 있는데, 이것이 가족 간의 결합과 황실을 절대 종교화하는 데 크게 기여한 바 있다고 기술하고 있다. 또 대표적 일본 문학사의 기술자인 가토 슈이치(加

藤周一)는, 일본 역사 발전의 전형은 새 것이 수용될 때 신구가 교체되기보다는 옛 것에 새 것이 더해지는 발전의 형식을 지켜 왔다고 말하면서 집단주의와 엄격한 상하관계 경쟁관계가 역사 발전의 특색을 이루어 왔다고 기술하고 있다.

한편 미국인으로 일본 문화에 심취했던 도날드 키인(Donald Keene)과 일본 문화 평론가 시바료다로(司馬遼太郎)의 대담 〈일본과 일본 문화〉를 보면 일본의 신도, 에도의 쵸닌 문화, 사무라이 문화 가운데서 일본 문화의 특색을 탐색하는 열띤 토론이 이루어지고 있다. 그러나 어디에도 선진 문화, 동아시아 문화의 수용을 인정하지 않고 있으며 문화의 보편적 속성을 무시하고 독자적이고 독선적 문화 우월주의를 내세우고 있음이 순리에도 어긋나고 눈에 거슬리는 대목이다.

한반도와 일본열도는 지리적으로 밀착되어 있어 역사적으로도 여러 차례의 문화 충돌을 겪어 왔다. 지금 일본에 남아 있는 고려신사나 백제사 등을 보면 한반도의 이주 세력과 그 문화가 일본의 고대문화를 형성했던 자취가 분명하며, 한반도가 대륙문화를 일본에 전해주는 문화 전신국으로서의 역할을 다하였다는 사실을 입증할 수 있다. 그 후 일본의 침략 전쟁인 임진왜란은 양국 간 수많은 인명과 재산의 손실을 가져왔지만, 한편으로는 이러한 양국의 문화적 충돌을 계기로 점차 이웃을 알게 되고 새로운 문화에의 지향을 가져왔다는 점은 역사 발전의 큰 틀에서 보면 새로운 소득(?)이라 느껴지기도 한다. 그러나 그 후 다시 일본의 침략을 받은 일제 36년은 문화적 역조 현상으로 일본에서 유학하고 돌아온 이광수, 최남선 같은 수많은 인사들이 소위 선진문화를 받아들였음에도 불구하고 오늘날 친일파라는 낙인이 찍혀 헤어나지 못하는 문화적 갈등을 겪지 않을 수 없는 서글픈 현실을 목도하게 되었다.

문화란 물과 같아서 항상 높은 곳에서 낮은 곳으로 흘러가는 속성을 지니고 있다. 그러나 문화의 역류 현상은 그만큼 문화적 혼조를 가져와 성장을 멈추고 퇴행한다. 문화에는 보편성과 특수성(고유성)이 존재한다. 이웃과의 문화적 공동체를 형성하려면 먼저 양국 문화의 공통성, 보편성을 찾아 이를 공유하여야 하며, 그 바탕 위에 자국만의 고유한 특수성을 창조해 나가야 할 것이다.

필자는 일전에 일본 후쿠오카대학에서 특강을 하면서 '그리움의 문화', '뒤돌아봄의 문화'를 제목으로 제시한 바 있다. 그리움은 사랑이 전제되어야 한다. 그리고 함께 있지 않고 일정한 거리에 떨어져 있어야 한다. 나라와 나라 사이에도 사랑과 미움이 존재한다. 자신을 먼저 생각하다 보면 상대국에 대한 미움이 역사적으로 앞설 때가 많지만, 작은 싹들을 하나하나 키워 나가다 보면 언젠가는 서로 사랑하게 되고 그리워하게 되리라는 희망으로 우리는 서로의 사랑과 희망의 싹을 차츰 키워 나가야 한다.

  일본의 한 고등학교 교과서(현대문)에는 〈하늘과 바람과 별과 시〉라는 제목으로 일본의 저명 시인 이바라기 노리꼬가 무려 11면에 걸쳐 윤동주에 관한 글을 수록해 주목을 받고 있다. 윤동주는 북간도 용정 출신으로 서울의 연희전문을 나와 일본으로 건너가 릿교대학(立敎大學)을 거쳐 도시샤대학(同志社大學) 재학 중 독립운동을 했다는 혐의로 체포되어 후쿠오카 형무소 복역 중 종전을 몇 달 앞두고 세상을 떠난다. 이 글의 필자는 동주의 부친이 아들의 유골을 안고 현해탄을 건너 멀리 북간도에 가면서 하염없이 눈물을 흘렸을 당시를 생각하며 그의 시들을 새롭게 대하게 되었다고 쓰고 있다. 한국 시인을 이렇게 파격적으로 일본 교과서에서 다루어 준 사례는 지극히 드문 일이며, 도시샤대학은 교내에 세워진 윤동주의 시비와 함께 이 이바라기 시인의 글을 책자로 만들어 대학 선전 자료로 활용하고 있다.

  '뒤돌아봄의 문화'에는 어울림이 있고 감동이 있다. 한국과 일본의 역사에는 뒤돌아봄과 그리움이 없다. 이제부터라도 서로를 뒤돌아보고 그리워할 수 있는 역사와 문화를 바탕으로 문화적 보편성을 차츰 넓혀 나가야 한다. 숨겨진 칼보다 국화의 향과 아름다움을 공유하는 문화를 함께 창조해 나가야 한다.

윤동주를 통해 보는 동아시아의 문화 읽기

금년(정유년)은 민족시인 윤동주의 탄생 백주년이 되는 해이기도 하다. 그는 간도 땅 용정에서 태어나 성장하였으며 서울에서 연희 전문을 수학하였고 일본으로 건너가 유학하던 도중 사상범으로 체포되어 후쿠오카 형무소에서 복역 중 옥사하였으며 다시 용정 땅에 묻혔으니, 중국, 일본, 한반도를 오가며 근세사의 거친 소용돌이를 몸소 체현해 보인 대표적 사례라고 할 수 있을 것이다. 이런 연유에서인지 근래 그의 초간 시집 『하늘과 바람과 별과 시』(1948, 정음사)가 경매 시장에서 상종가로 거래되었다는 소식을 들었다.

시인 정지용(그는 윤동주가 수학한 도시샤대학을 나왔다)은 이 시집의 서문에서 노자의 글을 인용하면서 이렇게 쓰고 있다.

'허기심실기복(虛其心實其腹) 약기지강기골(弱其志强其骨)'이라는 구가 있다. 청년 윤동주는 의지가 약하였을 것이다. 그렇기에 서정시에 우수한 것이겠고, 그러나 뼈가 강하였던 것이리라, 그렇기에 일적에게 살을 내던지고 뼈를 찾이한 것이 아니었던가. 무시

무시한 고독에서 죽었고나, 29세가 되도록 시도 발표하여 본 적이 없이! 일제 시대에 날뛰던 부일 문사들의 글이 다시 보아 침을 배앝을 것 뿐이나, 무명 윤동주가 부끄럽지 않고 슬프고 아름답기 한이 없는 시를 남기지 않았나, 시와 시인은 원래 이러한 것이다.

의지가 약해 서정시를 잘 썼고 뼈가 강해 일제에 저항할 수 있었다는 구절은 참으로 새겨 볼 만한 대목이라고 생각된다. 그의 시는 읽을수록 '약기지'의 표면적 서정과 '강기골'의 내면적 강인함이 표리가 되어 멋들어진 조화를 이루어 독자들에게 깊은 울림을 준다고 생각된다.

필자는 지난날 한 지면에서 〈그리움의 문화, 뒤돌아봄의 문화〉라는 제목으로 지난날의 아픔을 간직한 한일 간의 문화가 서로 그리워할 줄 아는 정의 문화, 역사를 뒤돌아볼 줄 아는 회고의 문화가 되어야 함을 강조하면서 그 실례를 윤동주의 생애를 들어 이야기한 적이 있다.

일본의 검인정 고등학교 국어교과서(현대문, 筑摩書房)에는 일본의 저명 시인 이바라기 노리꼬가 쓴 〈하늘과 바람과 별과 시〉라는 윤동주의 시가 무려 10여 면에 걸쳐 파격적으로 소개되고 있다. 그녀는 물론 이부끼 고(伊吹鄕)의 일역 판 시집을 텍스트로 하고 있지만, 동주의 부친이 그의 유골을 안고 현해탄을 건너 멀리 북간도로 가면서 하염없이 눈물을 흘렸을 당시를 생각하며 그의 시들을 새롭게 대하게 되었다고 고백하고 있다. 그러면서 윤동주가 유학시절 다찌하라 미찌죠(立原道造)의 시를 즐겨 읽었다는 사실을 알아내고 이 두 사람의 시적 서정을 서로 비교하기도 하였다. "한국에서 제일 좋아하는 시인이 누구냐고 물으면 단연 윤동주라는 대답이 돌아온다."에서 시작되는 이 글은 윤동주의 〈서시〉를 비롯하여 〈쉽게 씌어진 시〉, 〈돌아와 보는 밤〉, 〈아우의 인상화〉 등을 그녀의 이야기 밑바탕에 깔고 전문을 인용하고 있다. 처음 작자가 윤동주에 관심을 갖게 된 것은 미남형으로 생긴 그의 외모(사진) 때문이었다고 말하고 있다. 그러면서 그때 마침 동경대학에 교환교수로 와 있던 아우 윤일주를 알게 되었으며 그를 만나 윤동주의 생평과 옥사한 사실, 그리고 그의 시에 접근하는 계기가 이루어졌다고 하고 있다. 이 정도의 글이면 우리가 생각하던 일본의 이미지로는 거의 파격적이라 할 만하다.

70년대의 문화 혁명을 겪으면서 모든 것이 파괴되고 잊혀졌던 용정의 옛 동산교회 묘원의 윤동주 묘는 공교롭게도 일본 와세다대학(早稻田大學)의 오무라 마스오(大村益夫) 교수 일행에 의해 처음으로 발견되었다. 그는 이 저간의 사실을 『조선학보』(121호, 1968)에 〈윤동주의 사적에 대하여〉에서 소상하게 밝히고 있으며 일련의 윤동주 관련 논문을 묶어 『윤동주와 한국문학』(2001, 소명출판)으로 펴 낸 바 있다.

空と風と星と詩

茨木のり子

韓国で「好きな詩人は？」と尋ねると、

①尹東柱

という答えが返ってくることが多い。

　序　詩

死ぬ日まで空を仰ぎ
一点の恥辱なきことを、
葉あいにそよぐ風にも
わたしは心痛んだ。
星をうたう心で
生きとし生けるものをいとおしまねば

そしてわたしに与えられた道を
歩みゆかねば。

今宵も星が風に吹き晒らされる。
②（伊吹郷訳）

二十代でなければ絶対に書けないその清冽な詩風は、若者をとらえるに十分な内容を持っている。長生きするほど恥多き人生となり、こんなふうにはとても書けなくなってくる。詩人には夭折の特権ともいうべきものがあって、若さや純潔をそのまま凍結してしまったような清らかさは、

일본 고등학교 현대문 교과서에 실린 윤동주의 〈서시〉
필자 이바라기 노리코(茨木のり子)

윤동주의 묘지를 찾은 것은 1965년 5월 14일, 연변대학의 권철, 이해산 선생 등이 동행하였다. 그 후 필자가 그의 묘지를 참배한 것은 연변대학에서 강의를 하고 있던 2001년경으로 생각된다. 허물어진 봉분에 시멘트로 테를 두르고 초라한 표석 뒷면에는 그의 파란만장한 생애가 김석관의 찬서로 기술되어 있고, 두 아우 일주, 광주가 이 비를 세운 것으로 되어 있었다. 지금은 용정에서 그리 멀지 않는 명동촌(明東村)에 그의 생가가 훌륭하게 복원되어 있고 기념관 시비까지 재건되어 있으며, 입구 양면에는 자연석에 그의 시들이 수십 편 새겨져 있어 꽃단장을 한 채 순례객들을 맞이하고 있다.

　이곳 명동은 1899년 함경북도 종성 지역의 뜻 있는 개척민 25세대 150명이 두만강을 건너 와 현 화룡현 지신향 명동촌에 정착하면서 비롯되었다고 하니 불과 120년의 역사를 지닌다. '명동'이란 이름은 동쪽을 밝힌다는 뜻으로, 독립운동을 실천한다는 의미 외에 잃어버린 땅 간도를 회복한다는 뜻을 지녔다고도 한다. 그들은 먼저 윤동주의 외삼촌 규암 김약연을 지도자로 규암서숙을 열어 민족 지도자를 양성하는 한편 명동학교, 명동교회를 개척하여 자녀들의 교육에 전념하였다. 명동촌에서 오랑캐령을 넘어 두만강까지는 60리 길, 조선의 독립지사들은 회령에서 삼합으로 건너와 명동촌으로 몰려들었으며 여기서 규합된 세력이 청산리, 봉오동 전투로도 이어졌다고 한다.

산은 한 줄기에서 여러 가지가 뻗어 나가고 물은 여러 줄기가 어우러져 하나의 큰 강을 이루어 바다로 들어간다. 큰 산은 여러 줄기를 거느린다. 산은 높을수록 물줄기를 더 많이 거느린다. 그러나 그 물줄기는 어우러지면 하나가 된다. 그리고 바다에 흘러들면 제 모습을 찾으려하지 않는다. 흔히 인간사를 이 자연 현상에 비유하여 일컫는 것도 역사의 도도한 흐름을 거스를 수 없다는 뜻일 것이다. 윤동주가 태어난 명동촌은 당시 하나의 커다란 산이요 물줄기였다.

한국인은 일제 36년을 가장 가슴 아파한다. 춘원 이광수, 육당 최남선은 화려했던 일본 유학생들로 일본을 통해 받아들인 선진 문화는 고마워하면서도 막상 친일의 굴레에서 벗어나지 못해 빛이 바랜 현실도 엄연한 사실이다. 윤동주는 연희전문을 졸업한 후 일본으로 건너가 릿교대학(立敎大學)을 거쳐 경도의 도시샤대학(同志社大學)을 다니다가 독립운동 혐의로 체포되어 2년 형을 받고 복역 중 종전을 몇 달 앞두고 옥중에서 세상을 떠났다.

강처중은 시집 발문에서 이렇게 썼다.

"무슨 뜻인지 모르나 마지막 외마디 소리를 지르고 운명했지요. 짐작컨대 그 소리가 마치 조선 독립 만세를 부르는 듯 느껴지더군요." 이 말은 동주의 최후를 감시하던 일본인 간수가 그의 시신을 찾으러 후쿠오카에 갔던 그 유족에게 전하여 준 말이다. 그 비통

용정의 윤동주 생가

한 외마디 소리! 일본인 간수야 그 뜻을 알리만두 저도 그 소리에 느낀 바 있었나보다. 동주 감옥에서 외마디 소리로 아주 가 버리니 그 나이 스물아홉, 바로 해방되던 해다.

그의 증언은 윤동주의 생의 마지막 기록으로 오늘에 이르고 있다. 그는 중국(용정 동명촌)에서 태어나 성장하였으며, 일본에서 유학을 하였으나 불행하게도 그 땅에서 생을 마감하였으며, 그 영혼은 조국 한반도로 돌아와 지난날 한일 간의 아픈 역사를 일깨워주고 있다. 용정은 우리 민족의 한이 서린 땅이다. 그 한을 온몸으로 안고 서울을 거쳐 일본으로 유학을 떠났으나 민족적 설움을 극복하지 못하고 차라리 죽음을 선택하였으며, 그 영혼은 다시 조국으로 돌아와 그의 아름다운 시적 운율을 통해 다시 우리 영혼을 일깨워주고 있다.

그를 기리는 시비가 도처에 세워졌다. 일본의 도시샤대학 교정, 그의 하숙집터였던 조형예술대학 교정, 체포 직전 친우들과의 체취가 남아 있는 우지 천변에도 비가 세워졌으며, 중국에도 그가 다녔던 용정중학(대성중), 윤동주 고택, 한국에도 연세대 원주 교정에 시비가 서 있어 윤동주의 기림과 울림을 실감나게 하고 있다.

고소설 연구의 획기적 지평 확대 작업

– 김광순 필사본 고소설 100선에 부쳐

김광순 소장 필사본 100책의 3차 작업이 끝나 도합 24책이 간행되었다. 계획의 사분의 일이 완성된 셈이다. 앞으로도 더 많은 인력과 자금을 필요로 하는 힘든 작업이 될 터이니 격려의 뜻이나마 전하고 싶다.

필자의 『고소설통론』(1983) 말미에는 고소설 일람표를 작성하여 첨부하였는데, 여기에는 소설의 총수가 5백여 종으로 되어 있다. 그러나 아직 이 가운데 3백여 종 밖에 논의된 적이 없는데, 김광순 교수의 소설 목차를 보니 여기에도 없는 수다한 작품들이 포함되어 있다. 자고로 학문의 발달은 그 분야의 자료와 서지 작업이 어느 정도인가에서 출발한다고 할 수 있다. 무릇 작품이란 그 시대 상황이나 영향을 바탕으로 하고 있으므로, 개인의 창작물도 결코 역사적, 사회적 현상을 무시할 수가 없다.

중국의 이른바 사대 기서인 나관중의 〈삼국지연의〉, 시내암의 〈수호전〉, 오승은의 〈서유기〉, 난릉소소생의 〈금병매〉만 하더라

윤동주 묘소에서(연변대 동료들과 함께)

도 명청 대의 서민적 해학성, 도청도설들이 그 바탕을 이룬 것들이며 이것이 조선조에 수입되어 우리 소설계에 얼마나 영양을 주었는가를 우리는 익히 알고 있다. 특히 조선조 후기에는 번역소설, 번안소설들이 쏟아져 들어왔으며 이들 작품이 서민 사회의 의식과 풍습을 담아 또 다른 창작소설로 읽혀졌음을 우리는 잘 알고 있다.

일본의 조선학자 오타니 모리시게(大谷森繁) 교수는 〈조선후기 소설 독자 연구〉로 고려대에서 박사 학위를 받았다. 고소설의 독자층이 서민사회의 지성을 일깨워 사회 기층 변화를 가져 오는 데 획기적 역할을 하였다는 일종의 소설 사회학으로 높은 평가를 받았다. 북경대의 위욱승(韋旭昇) 교수는 북한에 산재하는 소설 〈임진록〉을 서지적으로 통합하여 〈抗倭演義 研究〉라는 방대한 연구 성과물을 내놓아 우리를 부끄럽게 하고 있다.

이 두 논문을 두고 볼 때, 전자는 소설을 통섭하여 읽고 개별 독자의 의식 집합체가 사회의 지적 수준을 총체적으로 높여주고 있다는 포괄적 연구의 한 보기라면, 후자는 개별 작품의 통섭을 통해 당시 또는 그 이후의 사회의식이 어떤 변모를 보이고 있는가에 대한 모범적 사례라 할 수 있다. 김광순 교수의 현재 하나하나의 서지적 작업도 완료된 후에는 다시 이들 소설에 대한 역사적 사회적 평가와 아울러 통섭 작업이 뒤따라야 할 것이다.

한편 해제 작업도 이 작품을 읽는 데는 중요한 역할을 한다. 그런 만큼 이왕이면 좀 더 지면을 확대하고 단순히 줄거리만 소개하는 데 그치지 말고 작품이 지니고 있는 역사 문화적 설명을 비롯하여 소설의 작자와 독자를 연결해 주는 의식적 측면을 가능한 한 여느 작품들과 비교하면서 밝혀 주면 독자에게 도움이 되겠다는 느낌이 든다.

이제는 고소설의 자료 구독도 쉬운 일이 아니다. 필사본 소설들은 거의 전문 연구자들의 수중에 들어가 있고, 막상 작품을 연구하자면 여러 이본들을 수합하여 원본 정본 작업부터 앞세워야 하는데, 누가 어떤 작품을 가지고 있는지 알 수 없으므로 학회(고소설학회) 차원에서라도 고소설 소장 자료 총람 같은 것을 만들어 데이터베이스를 구축해 놓아야 이 분야의 균형적 학문 연구를 도모할 수 있을 것이다.

필자는 근례『日本近世小說史』(세계서원)를 읽어 본 적이 있다. 중국과 한국의 문화적 교류를 다룬 글들은 많지만, 막상 한국과 일본의 문화적 교류를 다룬 글들은 그리 많은 편이 못 된다.

에도막부 이래로 계몽적 역할을 담당했던 가나소시(仮名草子), 일본 특유의 애정을 다룬 우끼요소시(浮世草子), 중국 소설의 번안물 중심의 요미혼(讀本), 한문체 희문으로 발달한 샤레본(洒落本), 풍자를 골계로 전환한 곳게이본(滑稽本), 그 밖의 연애 소설류의 진죠본(人情本) 등으로 발전을 보인 일련의 소설은 우리 소설의 단순성과 비교해 볼 때 특이하게 발달한 양상에 관심을 갖게 한다. 당시 사회의 다양성, 역동성을 보여주는 것으로 우리 소설류들과 다각적 비교 연구가 필요하다고 생각된다.

필자는 어릴 적 시골에서 할머니가 틈날 때마다 해 주는 옛날 이야기를 듣고 성장하였다. 할머니가 훌륭한 전기수 역할을 해 준셈이다. 거기에는 춘향 이야기, 심청 이야기, 콩쥐팥쥐 이야기도 들어 있었다. 한글을 제대로 쓰시지도 못하는 할머니였지만 기억력 하나 만큼은 타의 추종을 불허하였다. 그 이야기가 얼마나 재미있었던지 시간 가는 줄 모르고 다음 이야기를 재촉하곤 했었다. 그런 잠재의식이 훗날 내가 대학 강단에서 이야기(설화문학)와 소설문학을 강의하는 계기가 되었는지도 모른다.

필자는 대학에서 한국문학사, 고소설사, 설화문학사, 한문 원전 강독 등을 30여 년 강의하다가 대학을 떠났다. 제자들을 제대로 길러내지는 못했지만 내가 하고 싶은 것을 하다가 정년을 맞이하였으니 행복하다고 할 수 있다.

한국고소설학회도 창설 당시 여러 분들의 도움이 있었지만 당시 우쾌제 교수와 함께 논의하다가 서울대의 김진세 교수를 초대 학회장으로 모시고 출발한 것이 어언 30년의 세월이 흘러 갔다. 그간 김광순 교수를 비롯하여 명망 있는 각 대학의 10여 명 교수님들이 학회장을 맡으면서 이제는 많은 연구 업적들이『고소설연구』학술지를 중심으로 축적되기에 이르렀다. 한중일 간의 국제 학술회의도 여러 차례 경험하면서 우리 소설 연구의 위상도 어느 정도 확인한 셈이다.

필자는 정년 이후 중국에 한국학연구소를 개설해 두고 10여 년간 학술회의의 성과물을 10여 권의 책자로 엮어 내면서 중국 문화에 대한 나름대로의 새로운 지평을 열려고 노력하였다. 이것이 계기가 되어 한중일 비교 문화에 관심을 갖게 되었으며, 그 성과물을『동아시아문화교류론』등 3권의 저작물로 펴내 발전하는 계기가 이루어지기도 하였다.

택민국학연구원의 '필사본 고소설 백선' 간행 작업은 개인이 하기는 너무 벅찬 작업이다. 다행히 대구시가 재정적 지원을 한다고 하니, 이 또한 산학 협동의 좋은 모델이 됨직하다. 연구원들도 모두 경북대, 영남대 등에서 학위를 받은 인력들이 담당하고 있으니 훌륭한 결실을 맺을 것으로 생각된다.

모쪼록 이 역사적인 작업이 중단됨이 없이 끝을 맺어 학계 뿐 아니라 우리 문화를 한 단계 업그레이드하는 계기가 되기를 바라며 격려의 글을 끝내고자 한다.

선상 세미나를 통해 살펴 본 중일 문화

필자는 해양문제 연구소가 주관하는 '바다의 날 기념 선상세미나'를 6년간이나 참여하여 선상 강의를 담당하여 왔다. 그 제목과 연도별 일정은 다음과 같다.

제9차 선상 세미나(2004.6.3.~8): 칭다오(항만 시찰)~장가계,
　　원가계, 서안 관광

선상 강의~〈한중 문화 교류의 발자취〉

제11차 선상 세미나(2006.5.18~22): 상해 양산항(항만 시찰)~
　　항주, 계림, 상해 관광.

선상 강의~〈중국 대륙의 테마별 지역별 역사 문화 기행〉

제14차 선상 세미나(2009.5.13~16): 일본 후쿠오카(항만 시찰)~큐슈 일대.

선상 강의~〈한일 문화 교류의 바람직한 위상 탐색〉

제17차 선상 세미나(2012.5.11~15): 중국 단동(항만 시찰)~환인, 통화, 백두산, 집안.

선상 강의~〈동아시아 문화 교류론〉

제18차 선상 세미나(2013.5.14~18): 일본 큐슈(항만 시찰)~가
　　고시마, 기쿠치, 미야사키.
선상 강의~〈일본 문화의 겉과 속〉
제20차 선상 세미나(2015.5.12~16): 큐슈 지역~유후인, 벳부,
　　아소, 아리다, 가라스.
선상 강의~〈현해탄의 두 물길〉(임진왜란의 길, 조선 통신사의 길)

　9차 탐방지인 칭다오 항은 중국을 대표하는 항구이기도 하다.
도심에서 70여 킬로미터나 떨어져 있고 연안선을 이용하면 20여
분만에 건널 수 있다. 지금은 칭다오와 황다오가 교량으로 연결되
어 있다. 한중 해상 교역의 중심 역할을 하고 있는 항구이기도 하
다. 뿐만 아니라 역사적으로도 우리와는 긴밀한 관련을 가진 도시
이기도 하다.
　'장가계, 원가계'의 자연 풍광은 경탄을 금치 못한다. 한때 한국
인이 가장 선호하는 관광 지역이기도 하였다. 거기에다 자연 풍광
이 그대로 간직되어 있어 더욱 좋았다. 귀국 길은 고도 시안을 관
광하였다.
　11차 탐방지는 새로 건설된 양산 부두로, 황해 깊숙이 자리잡고
있으며 여기까지 고속도로가 상해 구항에서 연결되어 있었다. 해
중 암초를 연결한 항구로 벌써 부산항 물동량의 몇 배에 달한다고

한다.

하늘에는 천당이 있고 땅에는 항주, 소주가 있다는 말처럼, 중국인들이 가장 살아보기를 원한다는 항주, 소주는 참으로 아름다운 도시였다. 고풍스런 도시 꾸이린(계림)도 아름다웠고 리강(漓江)의 흐름을 따라 가던 뱃놀이도 일품이었다. 귀국 길에 들른 상해 와이탄의 풍광도 잊을 수 없다.

14차 탐방지는 일본의 후쿠오카였다. 중국 항만과는 분위기가 사뭇 다르다. 다자이후 천만궁을 비롯하여 벳부의 지옥 온천 순례, 가또의 구마모도 성, 귀국 길의 활화산 아소산을 둘러보는 것도 재미있었다.

특히 규슈 일원은 한국 역사와 긴밀히 관련되어 있고 온천 지역이 많아 한국인들이 관광지로 많이 찾는 곳이기도 하다.

17차 여행은 중국의 단동 항으로 입항하였다. 특히 압록강 습지는 세계에서 세 번째 규모를 자랑한다고 들었다.

포도주로 유명한 통화를 거쳐 민족의 성산 백두산을 서파의 돌계단을 통해 등정했던 일이 기억에 새롭다. 환인의 오녀산성, 집안의 광개토왕비와 역사 유적들을 둘러보고 압록강에서 뱃놀이하던 추억도 떠오른다.

18차 여행은 다시 일본의 후쿠오카 항이었다. 이번은 유후인 벳부 온천에 이어 가고시마 심수관의 이슈잉을 거쳐 미야사키현 가라구니다께(韓國岳)에도 등반하는 기회를 가졌다. 또 가고시마 현의 활화산과 조선 포로들의 향방을 추적하는 일들도 매우 보람이 있었다.

제20차 여행 역시 규슈 지역, 특히 필자가 선상 세미나를 통해 임진왜란의 길(하카다만), 조선통신사의 길(시모노세키)을 구분하여 한일 관계가 전쟁과 평화에 이르는 새로운 위상 정립이 절실하다는 사실을 강조하였다.

필자가 선상 세미나에 참여한 것은 비록 여섯 차례에 불과하지만, 이러한 한중관계·한일관계를 논의하는 작업은 앞으로 계속되어야 할 것이며, 한반도가 지리적으로 중국과 일본의 강대국에 에워싸인 지리적 상황 하에서는 역사적 경험들을 거울삼아 그 위상을 확실히 잡아 나가야 할 것이다.

필자는 이러한 관점에서『한국문화의 동아시아적 탐색』(2008),『동아시아 문화교류론』(2012),『동아시아 문화 탐방』(2015)의 세 권의 저술을 통해 한국 문화의 위상을 정립하여 왔으며, 앞으로도 우리 문화의 새로운 위상 정립을 위하여 노력하여 나갈 것이다.

근래에도 필자는 일본 후쿠오카대학(福岡大學) 특강을 통하여 〈일본 문화의 겉과 속, 한일 문화의 미래상〉이란 제목으로 특별 강연을 가진 바 있으며, 서울 문화사학회에서 〈한국문화와 동아시아 문화—문화적 보편성과 수월성〉이란 제목으로 필자의 주장을 강조

한 바 있다(2016.5.19)

　문화란 물과 같아서 수준이 높은 데서 낮은 데로 흘러가는 성향을 지니고 있다. 우리는 중국, 일본, 한국 간의 상호 문화적 특수성과 보편성을 존중하여야 한다. 그러한 토대 위에서 먼저 우리 문화의 위상을 정립하고 우수성을 보존하여야 하며, 이웃 문화에도 서슴없이 받아들여질 수 있는 환경과 조건을 만들어 나가야 할 것이다.

　문화적 충돌은 문화 보편성을 손상시킬 뿐 자국 문화에 결코 이득을 줄 수 없다. 그런 관점에서 우리 문화의 우수성을 가꾸어 갈 뿐 아니라 이웃 문화와의 보편성 확립에도 부단한 노력을 기울여야 할 것이다.

崔致遠의 在中行蹟과 韓中 文化交流 코드

머리말

9세기 이전까지 당나라에서 활약한 한인 가운데 두드러진 인물들을 살펴보면, 義湘大師(625~702), 『왕오천축국전』의 저자 慧超(704~787)를 비롯하여 구화산주 金喬覺(705~803), 실크로드를 누빈 高仙芝(?~755), 산동 4代 齊國의 통치자 李正己(732~781), 적산 법화원을 중심으로 동중국해를 장악한 張保皐(?~846) 등을 들 수 있으며, 본 논의의 대상인 孤雲 崔致遠(857~915?)을 손꼽을 수 있다. 이들은 하나같이 중원 땅에서 이름을 드날린 자랑스러운 조상들이다. 이들을 통하여 우리는 그 이름을 기림은 물론 그들이 이역 땅에서 살아온 삶의 행적을 살펴봄으로써 오늘날 우리들이 대중국 관계에서 어떠한 위상을 자리매김해야 할 것인지를 살펴볼 수 있을 것이다. 물론 천 년이 훨씬 넘는 미명의 삼국시대와 오늘의 글로벌 사회와는 많은 변화 요인들이 있지만 이민족 간에 공존하며 함께 살아가야 할 인간적 자세와 우정 그리고 다문화 사회에서의 민족적 특질을 탐색하는 데는 좋은 시사점을 찾을 수 있을 것이다.

최치원의 중국에서의 자취

최치원은 경주 본피부(사량부) 출신으로 857년에 태어났는데, 『삼국유사』에는 "황룡사 남쪽 미탄사 남쪽에 옛 집터가 남아 있는데 이곳이 최치원의 집터가 틀림없다."고 일연이 관심 깊게 기술하고 있다. 한편 『삼국사기』에는 그의 나이 12세에 당나라로 유학을 떠날 때 부 견일이 "십 년 안에 과거에 급제하지 못하면 내 아들이 아니다. 가서 힘쓰라."(十年不第卽 非吾子也 行矣勉之)라고 한 결연한 문구가 눈길을 끈다. 최치원은 당시 동도인 낙양의 예부 국자감에서 공부한 지 6년 만에 예부시랑 裴瓚의 빈공진사시에 합격하게 된다. 그러나 곧장 벼슬에 나아가지 못하고 동도와 서도를 유랑하면서 당시 문인들과 교유하고 우정을 다지며 창수한 작품 부 5수, 시 100수, 잡시부 30수를 모아 詩賦集을 펴냈다고 하나 지금은 전하는 바가 없다.

그로부터 2년이 되는 876년(헌강왕 2년)에 宣州 溧水縣尉를 임명받게 되는데, 이 현위는 종9품의 지방 직으로 현령을 보좌하여 세금을 걷고 지방을 순찰하는 일종의 세리 경찰을 겸하는 직종이었으며 당시 『율수현지』에 의하면 縣令 아래 縣丞 主簿의 직제가 있으나 발령자는 없고 현위가 대신하고 있다. 이 무렵에 지은 작품들을 모아 『中山覆簣集』을 저술하였으나 지금은 이 책이 전하지 않는다. 여기서 '中山'은 '溧水'의 이칭이며 '覆簣'란 "평지에 흙

한 삼태기를 부어 산을 만들기 시작한다."는 논어 〈자한〉 편의 글 귀('臂如平地 雖覆一簣 進吾往也')를 인용한 것이다. 『율수현지』에 의하면 현위 崔致遠(계림인, 乾符年任), 현령 陸該(吳縣人, 有傳見 唐書宰相 世系表)의 기록이 분명하며, 『삼국사기』에는 그의 공적 이 높게 평가되어 承務郎 侍御史 內供奉이 되었고 紫金魚袋를 하 사받았다고 하고 있다. 『율수현지』의 기록에는 그곳의 端木孝文과 端木孝思의 형제가 문장 서법에 뛰어나 조선에 사신으로 가게 되 었는데 조선에서는 그들의 외교적 행위를 영화롭게 생각하여 雙 淸館을 세워 공적을 표창하였다는 기록이 나온다. 이를 보면 당대 이후에도 이런 인연으로 율수지방과 조선을 내왕하는 문화 교류 가 있었음을 암시하고 있다.

한편 최치원이 율수현위의 임직을 마칠 무렵에는 黃巢의 난이 일어나 세상이 어지러워졌는데, 당나라 조정에서는 회남절도사 高騈을 관군의 총사령으로 임명하여 반란군을 토벌케 하였다. 이 에 고변은 평소에 그 재주를 눈 여겨 보았던 최치원을 도통순관으 로 삼아 군중의 모든 문서의 제작과 관리를 맡기게 되는데, 그 중 에서도 〈討黃巢檄文〉은 이 글을 읽던 황소가 놀라 평상에서 떨어 질 정도의 감동적인 명문이었다고 하고 있다. 〈계원필경 서문〉에 는 이때 4년 동안 마음 써 이룬 작품이 일만여 수를 넘었는데 '기 왓장을 깨뜨리고 벽돌을 긁어놓은 것'보다는 나으리라 생각되어

『桂苑集』20권을 우겨서 만들게 되었다고 쓰고 있다. 『계원필경』의 '계원'은 그가 근무했던 도읍 楊州의 별칭이며 '필경'은 난리를 당하여 군막에 있으면서 이른바 '여기에 미음을 끓여 먹고 죽을 끓여 먹는' 신세가 되었으므로('饘於是粥於是,' 『춘추좌씨전』) 붙인 명칭이라고 하고 있다. 모두 20권으로 된 『계원필경집』의 내용을 보면 1권에서 16권까지는 황제에 올리는 글을 비롯하여 고변을 대신한 글을 배열하고 있으며, 17권부터가 자신과 관련된 글인데 17~18권은 고변에게 올린 상주문, 19권은 진사시 좌주였던 배찬 등 지인과 회남절도사 고변 휘하의 여러 인물들에게 보낸 글, 마지막 20권에는 그가 귀국할 때까지의 詩 啓 狀 祭文 등이 배열되어 있다. 서문에서 보면 "4년 간 마음을 써 이룬 것이 만여 수가 된다."라고 하였으니 고변 휘하의 서기 직에 종사한 것이 4년, 작품 수가 무려 만여 수기 된다는 이야기다.

이 글의 소장자였던 순조 대 洪奭周의 〈교인 계원필경집 서문〉에 의하면 그의 시는 "평이하고 우아하여 만당인들이 미칠 바가 더욱 아니며 이는 대개 명주와 거친 삼베 같은 바탕 위에 단술의 맛과 화려한 옷감의 아름다움을 겸한 것이니 이 어찌 보배로 여겨야 할 일이 아니겠는가?"라고 기술하고 있다. 한편 홍석주에게서 『계원필경집』을 넘겨받은 徐有榘도 그의 〈교인 계원필경집 서문〉에서 "우리 동방의 시문집들은 이 문집을 개산의 비조로 삼지 않을 수 없으니 이 또한 동방 예원의 근본이요 시초라고 할 것이니 어찌 이 문집이 닳아 없어지는 대로 그냥 놓아두고 보존하기를 도모하지 않겠느냐?"라고 하면서, 얼른 이 책을 교인 취진본으로 인쇄하여 태인의 무성서원과 합천의 가야사에 나누어 보관하였다고 그 전승 경위를 밝히고 있다.

최치원의 글은 당시의 사실들을 그대로 인식하고 사안에 따라서 적절히 대처할 수 있는 실용적인 성격을 지녔기 때문에, 『東文選』의 찬자도 전고가 많고 실용적인 최치원의 글이 치교에 많은 도움이 된다고 판단하여 무려 195편이나 선하여 게재하고 있다. 『계원필경집』은 자신이 신라사회의 유교적 이념을 어떻게 구현하려 하였는지를 알아볼 수 있는 중요 자료이며 입당 후 학문의 성숙과정, 재당시의 인맥과 교유과정, 귀국 후 자신의 행동과정에도 일관된 의식과 변화의 흐름을 살펴볼 수 있는 소중한 자료가 되고 있다.

최치원은 12세(868, 경문왕 8년)에 입당하여 16년을 당나라에서 보내고 28세에 귀국한다. 중국에 있던 16년 가운데 전기 7~8년은 서도와 동도, 장안과 낙양에서 과거 준비와 인적 교유를 위해 보내고 후기에는 율수와 회남(양주)에서 8년여를 관리생활로 보냈다. 그러나 유감스럽게도 전기의 교유나 시문에 관해서는 거의 남아 전하는 것이 없으며, 후기의 벼슬살이 기간과 귀국 도정에 대해서는 비교적 그 소상한 자취와 시문들이 남아 전한다.

북경대 韋旭昇 교수는 고운학회 학술회의(1999)에서 〈고운선생의 재당관직 임직 시기의 발자취 고찰〉이란 발표를 통해 1. 현위임직 시기(선주 율수 시기): 877(당 희종 건부 4년)~880(광명 1년), 2. 고변막부 종사관 막료 임직 시기(회남 시기): 880(당 희종 광명 1년)~884(중화 4년), 3. 귀국 도중(양주 산동반도 해안): 884년 8월~885년 2, 3월로 구분하여 그의 행적과 지명을 소상하게 밝혀 보여주고 있다. 필자도 2004년 북경대학 초청교수로 있을 때 위욱승 교수를 모시고 당시 경무대학에 교환교수로 와 있던 민영대 교수와 함께 黃山을 거쳐 최치원의 옛 자취를 찾아 溧水縣, 高淳縣, 楊州(淮南) 일원을 정밀하게 답사하고 당성 유지의 최치원기념관을 참배한 바 있다.

최치원의 교유와 작품세계

『계원필경집』에 보이는 최치원의 교유 인물들 가운데는 顧雲, 裵璙, 裵拙, 裵瓚, 宋絢, 楊贍, 吳巒, 李琯, 李膺, 張雄 등의 인물들이 등장하고 있다.『삼국유사』에는 그가 당나라에 유학할 때 중국 강동에 사는 시인 羅隱과 서로 친하게 지냈는데 그는 자기 재주와 신분을 기화로 좀처럼 남을 인정하지 않았으나 최치원에게는 자신의 시를 보내 자문을 청하였으며, 또 당나라 시인 顧雲은 최치원과 동갑 나이로 귀국 시 시를 지어 그를 송별하였다고 하였다.

중국 양주의 최치원 기념관

나은(833~909)은 최치원보다 24세나 연상이나 그의 재능과 인격에 매료되어 즐겨 시적 교유를 맺었으며, 고운은 최치원과 함께 고변의 막료를 지냈으므로 시문뿐 아니라 인간적으로도 매우 정을 느껴 귀국을 못내 아쉬워하며 시를 지어 그를 송별하고 있다.

내 들으니 바다 위에 큰 자라 셋이 있어	我聞海上三金鰲
높고 높은 산을 머리에 이고 있다네	金鰲頭戴山高高
구슬 자개 황금대궐 산마루에 솟았고	山之上兮珠宮貝闕黃金殿
천만리 넓은 바다 그 산 밑을 둘렀네	山之下兮千里萬里之洪濤
그 곁에 자리 잡은 계림 땅 푸른 한 점	傍邊一點鷄林碧
자라산의 정기 어려 기이한 인재 태어났네	鰲山孕秀生奇特
열두 살에 배를 타고 바다를 건너와	十二乘船渡海來
중국의 온 나라를 문장으로 울렸네	文章感動中華國
열여덟에 문단싸움 휩쓸고 다니면서	十八橫行戰詞苑
단번 화살로 과녁 맞혀 급제하였네	一箭射破金門策

한편 최치원은 두목의 아들인 杜荀鶴(846~904)과도 교유가 있었는데 〈율수 최소부에게 드린다〉(贈溧水崔少府)라는 시편이 남아 있기 때문이다.

서재 앞에 학창의의 두순학을 예로 맞이하고	洞口禮星披鶴氅
시냇가서 달 읊으며 고깃배에 오르네	溪頭吟月上漁船
구화산 늙은이 마음 서로 맞으니	九華山叟心相許
관직 낮음 묻지 않고 시 한 수를 바치네	不計官卑贈一篇

이 시에 화답하는 최치원의 대시가 있었겠으나 그의 『중산복궤집』이 남아있지 않으니 알 길이 없다. 다만 두순학이 池州 최치원이 宣州에 속했으니 서로 이웃하여 자주 만나 시적 화답이 있었을 것으로 추측되며, 두순학이 구화산파 시인으로 최치원도 구화산에서 가까운 고순의 小金山 雙女墳을 자주 내왕하였으며, 또 시대는 다르지만 신라승 김교각(지장)이 구화산에 칩거하며 쓴 〈送童子下山〉의 시가 地藏이란 법명으로 『全唐詩』에 수록되었으니 이들의 상호 관심과 시적 연관성도 추측해 볼 일이다.

한편 율수현과 이웃하고 있는 고순현에는 최치원의 시작과 관련된 雙女墳이 자리하고 있다. 송나라 張敦頤의 『六朝事迹編類』〈쌍녀분〉 조에는 최치원이 시로써 쌍녀분을 조문하자 저녁에 이에 감동한 두 여인이 찾아와 최치원에게 속마음을 하소연했다는 전설이 있다. 최치원의 일시에는 〈弔雙女墳〉이란 작품이 있는데 이는 당송 필기 가운데서 신라인 최치원과 관련된 유일한 작품이다. 우리나라의 『新羅殊異傳』 일문으로 『太平通載』에 수록된 〈崔致遠〉은 그 출전에 따라 〈쌍녀분〉, 〈仙女紅袋〉로도 기록되고 있는데 이는 중국의 기록과도 일치하고 있으며 그곳을 방문한 역대 문인들의 수많은 쌍녀분시가 지금까지 전승되고 있다.

최치원이 어느 날 쌍녀분을 찾았다가 무덤의 주인공인 두 자매의 영혼과 만나 시문을 창수하고 사랑을 나눈다. 아름다운 사랑이야기가 시와 문으로 교직되어 한 편의 서사시를 이루는데, 이 글이 공교롭게도 최치원 자신을 주인공으로 한 서사작품으로 지금까지 남아 전하고 있다. 고순현도 당대에는 율수현의 일부로 최치원의 순찰 구역이었다. 쌍녀분 옆에는 신라승 金喬覺이 수행 차 이곳을 지났다 하여 이름 붙여진 '金山'이 있고 쌍녀분 앞에는 비석이 세워졌는데 이것을 고순현 문물 단위로 지정하고 비문 전문을 한국인 張俊寧이 번역하고 남경대학 黨銀平 교수와 고순문화재관리소장 濮陽康京의 이름을 새겼다.

요즈음 〈여도사를 이별하며〉(留別女道士)라는 최치원의 작품은 또 재미있는 논쟁을 낳고 있다. (유익한 학술논쟁, 무의미한 인신공격, 최치원의 애정시화에 관한 논쟁)

매번 속세의 벼슬 고생함을 한탄하다가	每恨塵中厄宦道
마고선녀 알면서 수년 동안 기뻐했네	數年深喜識麻姑
길을 떠나면서 당신에게 진심으로 묻노니	臨行與爲眞心說
바닷물은 언제 다 마를 건가요	海水何時得盡枯

중국의 張福勳 교수는 이 시를 최치원을 사랑했던 여인에 가탁하여 쓴 애정작품으로 해석하여 헤어짐을 아쉬워하는 그리움의 작품으로 해석하고 있다. 또 〈제해문난야류(題海門蘭若柳)〉의 '난야류'도 여도사와 동일 인물로 보아 최치원이 귀국하기 전에 이 여

최치원 동상

남경 율수현에 있는 쌍녀분

인이 양주에서 바다에 드는 해문까지 따라와 애절하게 떠나보내
는 이별의 시로 보고 있어 흥미를 끈다.

광릉성 호반에서 아리따운 모습과 작별하고	廣陵城畔別蛾眉
어찌 바다 끝에서 다시 상봉할 줄 알았으랴	豈料相逢在海涯
다만 관음보살이 아껴주던 일이 겁나서	只恐觀音菩薩惜
떠날 때 감히 한 가지도 꺾지 못하였네	臨行不敢折纖枝

이에 대해 모곡풍 교수는 전자의 '도사'는 도교시로, 후자의 '난
야'는 阿蘭若의 약어로 스님이 수행하는 사찰을 뜻하는 불교시로,
둘 다 종교시라는 정반대의 입장을 밝히고 있어 흥미로우며 앞
으로도 해석상의 많은 논쟁을 야기할 것으로 보인다.(『경주문화』
2002년 8호, 경주문화원, 참고)

최치원의 往還 道程錄

고대의 바닷길 항로에는 북방의 산동반도 북단 登州航路(蓬萊)
와 남방의 明州航路(寧波)가 널리 알려져 있다. 육로로는 압록강
을 건너 봉황산 요양 심양 산해관을 드는 우회로가 가장 많이 이용
되었다. 최치원의 경우는 "열둘에 바다에서 배를 타고 입당 구학
하였다."(『삼국사기』), "최치원, 김가기, 최승우가 상선을 타고 떠
났다."(『택리지』 '영암군' 조)라는 기록을 찾을 수 있을 정도다. 전
자의 '將遂海船入唐'이나 '후자의 '附商船入唐'으로 볼 때 靈岩 앞

바다에서 떠났다는 설이 유력하다. 영암의 고향 상대포를 떠나 고운정 우물로 이름난 비금도를 거쳐 우이도를 지난다. 우이도는 옥황상제와 최치원이 바둑을 두었다는 바둑바위가 남아 있다. 이곳에서 다시 흑산도와 홍도를 거쳐 동남풍(초봄에서 초가을)을 따라 구로시오를 타고 발해만으로 북상하여 중국에 드는 루트를 이용했다는 설이다.(조용헌) 이중환의 『擇里志』에는 영암 구림촌에서 흑산도, 홍도, 가거도를 지나 태주 영파에 배를 대는 것으로 말하고 있으며, 강봉룡은 구림, 비금도, 우이도, 흑산도 등지에 최치원 전승이 많은 것으로 보아 이 길을 통해 영파항에 도착했을 것으로 추정하고 있다.(〈고대 한중항로와 흑산도〉) 그러나 최치원의 출생지가 호남 沃溝라는 서유구의 이설(〈교인 계원필경집 서문〉)을 바탕으로 보면 옥구(군산) 앞바다일 가능성도 점쳐진다. 더구나 이곳의 고군산군도는 최치원의 수많은 입당설화를 간직하고 있는 곳이기도 하다. 아마도 도착 지점이 浙西(초주) 浙東(영파)의 兩觀(관찰사) 지역 해안이었을 가능성이 높다. 만약 최치원이 남방 항로를 통해 중국에 들어가 동도를 향했다면 고 운하를 이용했을 것으로 생각된다. 그러나 도착과 이동의 경로는 구체적으로 문헌에서 찾아보기 어렵다. 최완기는 최치원의 연보를 작성하면서, 그가 868년(경문왕 8) 충남 보령군 남포면 월전리 맥도에서 상선으로 입당하였다고 구체적 장소를 밝히고 있다. 동 연보에는 귀국길

(884, 헌강왕 10)은 淮南(양주)에서 배를 띄웠으나 乳山에서 풍랑을 피했으며 겨울이라 봄을 기다리며 曲浦에서 머물렀다고 하였다.(『최치원 탐구』, 한국사학회 외)

『東史綱目』에 의하면 신라인으로 당에 유학하여 빈공과에 급제한 사람이 60여 명(오대, 후량, 후당은 30여 명)으로 그 가운데는 최광유, 최신지, 박인범, 최승우, 김악, 왕거인, 김수인 등의 낯익은 이름들이 보이는데, 이들의 당시 기록을 통해 왕환 여정을 살피는 작업은 당시 한중 수륙로와 우호 통상관계를 살피는 데 중요한 단서를 제공해 줄 것이다.

최치원이 귀국할 때는 이미 신라입회남사 金仁圭와 崔棲遠이 회남(양주)에 와 있었으며 고변의 호의로 선편과 노자를 준비하여 양주를 떠난다.(884년 10월) 귀국 도중 고변에게 보낸 최치원의 편지에 의하면, 그는 대운하를 끼고 북상하여 楚州(회음) 山陽(회안)에 이르러 淮河를 따라 바다에 들어 바다를 끼고 다시 북상하여 대주산(산동 교남시)을 거쳐 乳山(문등시)에 이르며, 마침 겨울철이라 항해가 어려워 이듬해 정월에 등주(봉래)에서 巉山神에게 제문을 바치고 떠나는데 이듬해 3월에야 신라에 안착하였다고 한다. 이때 그의 관직은 '회남입신라겸송국신등사 전도통순관 승무랑 전중시어사내공봉 사비은어대'였다. 당시 초주, 사주, 등주 등에는 신라방이 있어 귀로의 편의를 도모할 수 있었으며, 일승 엔닌(圓

仁, 794~864)의 『입당구법순례행기』에도 그곳 신라관의 도움을 받은 기록이 나오고 있다. 최치원은 그 후 다시 당나라에 하정사로 임명되어 입국하려 하였으나 국내의 어려운 사정으로 뜻을 이루지 못하고 있다가, 조청대부로 승진한 이후 904년에서 당이 멸망한 907년 사이에 다시 당나라로 떠난 것으로 어림잡을 수 있겠는데, 아마도 그가 상륙한 지점은 역시 절서관찰사 관할인 초주해안이거나 절동관찰사 관할인 명주(영파)일 가능성이 높으며, 입국 후에도 당 말의 불안한 정세에 더 이상 조정에 나아가지 못하고 곧 귀국하였을 가능성이 점쳐지고 있다.(번문례, 양태제, 〈최치원이 당나라를 두 번째 방문한 시기와 장소〉, 참고)

최치원을 통해 읽는 한중 문화교류의 코드

재당 16년의 최치원의 행적은 그가 과거 준비를 위해 누볐던 동서도 낙양과 장안을 비롯하여 율수현위 시절의 중산 생활, 쌍녀분과 관련한 고순현 생활, 고변 막하의 화려했던 양주 생활이 주축을 이룬다. 그 외에도 그의 교유와 왕환 과정의 작품들을 살펴보면 潤州(진강), 旴貽 饒州(파양), 山陽(회안), 楚州(회음), 淮安, 大珠山, 乳山 등의 다양한 지명들이 등장한다. 이들 지명과 교유한 인명을 상호 연결해 보면 최치원의 행적과 인적 자원 코드를 추출해낼 수 있다.

한편 〈최치원전〉(최고운전)이라는 소설 작품에는 최치원이 금돼지의 아들로 태어나 갖은 고난을 극복하고 중국으로 건너가 천자와의 대결에서 승리하여 영웅으로 대접받고 귀국하는 과정을 통하여 민족적인 의식을 일깨워주기도 한다.(한석수, 『최치원 전승의 연구』)

최치원은 한중 문화교류의 원점에서 코드화해 볼 만한 대표적 역사 인물이다. 그가 중국에서 써 남겨놓은 작품만 하더라도 백 이십여 수인데, 같은 시기 일본인으로 가장 많이 남겼다는 스가와라 미찌자네(菅原道眞, 845~903)의 20수도 못 되는 재당 작품과는 비교가 되지 않는다. 정통 유학이나 문학의 다양한 양식 업적 면에서 볼 때 당대의 외국인으로서는 단연 으뜸 자리를 차지하고 있으며, 이러한 관심이 오늘날 중국의 관심 있는 학자들을 일깨워 위욱승, 당은평, 고국번, 하진화, 김영화, 하명안, 양태제, 양위생, 진포청, 염기, 진량운, 마가준, 하연, 소진, 이시인, 가운, 손장송 등 20여 명의 학자들이 다방면 공략으로 논문들을 쏟아내고 있다.

필자가 둘러본 溧水, 高淳, 揚州만 하더라도, 지금 남아 있는 당시 율수 현청의 자취, 고순의 쌍녀분과 초현관, 양주의 高騈과 함께 집무했던 회남 막사의 자취, 당성 유지에는 최치원의 기념관이 우뚝 서 해마다 최치원의 날을 정하여 기념하며 양국의 우의를 다지고 있다. 이러한 인연으로 최근 들어 남경에서 가까운 이 연고

지를 찾는 한중 합작 기업들이 부쩍 늘고 있다고 한다.

　오솔길 하나라도 처음 만들기는 어려우나 만들어진 길은 사람들이 많이 밟을수록 번창하고 넓어지게 마련이다. 문화의 교류란 상대방에 대한 이해와 신뢰가 앞서야 한다. 이를 바탕으로 선진문화를 받아들이고 한편 우리의 문화도 수출하게 된다. 高國藩은 〈최치원과 한중문화교류〉(아시아문화, 1998)라는 글에서, 최치원의 작품들이 생활을 찬미하고 우의를 찬미하며 서민들의 미풍양속을 찾아 노래하며 가는 곳마다 아름다운 자연 풍경과 신비로움에 도취되었다고 하고 있다. 이 같은 사실들은 당시 당나라 지식층을 감동시켜 裵瓚의 도움으로 빈공시에 합격하고 현위 직을 얻을 수 있었으며, 高騈의 막하에서 행복한 종사관 생활을 누릴 수 있었다. 또 고운, 배도, 배찬, 양첨, 오만, 장교, 두순학 같은 당대 기라성 같은 시인들과의 교유를 통해 우정과 끈끈한 인간관계를 유지할 수 있었던 것은 오늘날에도 양국 교유의 좋은 사표가 되고 있다. 『율수고금』이나 『양주시선』에는 빠짐없이 최치원의 작품들이 등장한다. 〈쌍녀분〉 이야기 하나로 서로의 신뢰를 확인한다. 최치원 하나로 신라인으로서의 그의 수준을 말해줄 뿐 아니라 그의 시 한 편으로 한중 간 우의를 다질 수도 있다.

　한편 귀국 후 최치원의 행적도 한국을 찾는 관광객에게는 좋은 문화상품이 될 수 있다. 그가 태어나고 벼슬을 했던 신라의 수도

慶州에서 비롯하여 외직에 나가 현령을 맡았던 泰仁(大山郡), 瑞山(富城郡), 沃溝(文昌郡), 咸陽(天嶺郡), 그리고 그가 편력했던 경주 남산, 강주 빙산, 동래의 해운대 등과 그의 손길이 닿은 四山碑銘의 현장 성주사, 쌍계사, 숭복사, 봉암사를 연결하고 그가 삶을 마감한 가야산 해인사를 이으면 최치원을 통해 한중 양국인들의 상호 우의와 문화적 교류를 촉진할 수 있는 좋은 관광 상품으로 개발할 수도 있을 것이다.

문화적 코드에는 상호가 공감대를 형성할 수 있는 대상과 이를 통한 역사 문화적 인식의 일치가 우선되어야 한다. 이 점에서 최치원 역사 문화 읽기는 한국과 중국 간의 훌륭한 문화코드로 자리매김할 수 있을 것이다.

유배지의 여인들

조선조에 접어들어서는 왕권을 에워 싼 계급 다툼이 치열해지고, 특히 후기로 접어들면서는 당쟁과 사회적 갈등이 심각해지면서 죄인들을 처벌하는 이른바 유배문화가 만연하였던 것을 살펴볼 수 있다. 그 중 제주도 같은 섬에 가두는 절도안치나, 가시 울타리를 두른 집에 가두는 위리안치 등은 중죄인의 형벌로, 이런 제도가 오래 지속되면서 그들이 유형지의 문화를 바꾸는 이른바 '유배문화'가 유형지의 새로운 문화 풍토를 조성하는 현상이 지속된다. 대개의 경우는 정배의 기간이 정해지지 않으므로 당사자들도 지역 자녀들의 교육을 도맡으면서 정권의 변화를 기다리는 수밖에 없었다. 유배인들은 처, 자녀나 가속들을 대동할 수 없으므로 유배지에서는 우선 먹고 생활하는 문제가 가장 어려웠을 것으로 생각된다. 가능한 한 현지의 도움이 필요하였고 여러 방법으로 시중 들 배수첩의 도움이 필요하였을 것으로 생각된다. 수많은 유배인들 가운데 대표적으로 송강 정철, 북헌 김춘택, 원교 이광사, 김진형, 조정철의 경우를 살펴보기로 한다.

松江 鄭澈은 문학사에서도 〈관동별곡〉, 〈사미인곡〉, 〈속미인곡〉, 〈장진주사〉 등으로 너무나 잘 알려진 인물이다. 정철은 부친인 정유침의 막내아들로 나이가 어려 부친의 적소인 함경도 정평, 경상도 영일 등지를 따라 다니다가 특사령을 받아 조상의 산소가 있는 담양으로 내려와 살게 되는데, 이 무렵 송강은 16세였다. 명종의 뒤를 이어 선조가 즉위하자 송강은 전라도 관찰사로 부임하게 되는데, 이때 동기였던 '자미화'와 동거를 하게 되고 자미화는 송강을 너무 사랑하여 송강의 '강'자를 따와 자신의 이름을 '강아'로 바꾸게 된다. 훗날 임진왜란이 일어나자 그녀는 종군한 송강을 만나려고 길을 나섰으나 끝내 만나지 못하고 불교에 귀의하여 소심보살로 일생을 마쳤다고도 전해지고 있다. 그리고 송강은 전란 후 강화도 송정촌으로 들어가 살다가 58세의 나이로 쓸쓸히 일생을 마쳤다고 한다. 그 후 그의 묘소는 강화에서 고양시 신원의 부모 묘지 곁으로 이장되었으며, 강아도 이곳에 와 살다가 송강의 무덤 곁에 묻혔다고 전한다. 그러나 그 후 우암 송시열의 주선으로 진천의 명당을 골라 송강의 손자 정양이 진천현감이 되면서 송강은 그곳 길지로 이장하였으나, 강아의 묘는 고양의 송강 옛터를 쓸쓸히 지키고 있다. 강개 유배 당시 강개 기생 옥이와의 관계는 송강과 함께 주고받은 시조가 『근화악부』에 전하고 있는 것을 보면 여인들에 대한 송강의 매력이 한껏 엿보이기도 한다.

다음은 북헌 김춘택에 대하여 살펴보기로 하자.

北軒 金春澤은 생애의 대부분을 유배생활로 일관한다. 부친인 김진구가 제주에 유배된 후 십여 년 만에 다시 아들인 김춘택이 제주에 이배된다. 북헌은 민비 복위를 도모한 죄명으로 금천으로 유배되었다가 신사옥에 연루되어 다시 부안으로 이배되며 잠시 해남에 유배되었다가 제주도에 다시 이배된다. 그 후에도 민진후의 상소로 옥구에 이배되는 등 가장 많은 유배지를 숙명처럼 내왕하게 된다. 그는 제주 유형생활 중 김만중의 〈사씨남정기〉를 한문으로 번역하고 송강의 〈사미인곡〉을 모방하여 〈별사미인곡〉을 창작하였으며, 그뿐 아니라 이 노래에 곡조를 붙여 자주 북헌의 유배지를 드나들던 석례라는 노기에게 이 노래를 가르쳐 부르게 하여 유배지의 한을 달래게 하였다. 석례는 기녀라고만 알려져 있으나 김춘택의 유배생활의 한을 달래주던 배수첩 역할의 여인이었을 것으로 생각된다.

> 여보소 저 각시님 설운 말삼 그만하오, 말삼을 들어 하니 설운 줄 다 모를쇠. 일년인들 한가지며 니별인들 같을손가……

노래 부르기 좋도록 3·4조의 형식을 따랐으나 낙구가 3734로 되어 있어 다른 가사에 비하면 자수에 많은 차질이 느껴진다. 그러나 이 〈별사미인곡〉은 곡조를 붙여 노래하였으며, 석례가 이 노

송강이 사랑한 강아의 묘

래를 불러 북헌을 위로하였다고 하였으니, 비록 힘겨운 유배 생활을 하는 가운데서도 마음속에 임을 그리며 살아갈 수 있는 에너지를 얻었을 것으로 추측할 수 있다. 북헌은 서포가 창작한 〈사씨남정기〉를 유배지인 제주에서 한문으로 번역하여 이를 인현왕후 폐출사건 이후 많은 독자들에게 읽혀 여론을 형성하고 장희빈을 폐출하는 데 결정적 역할을 한 것으로 생각된다. 그 사이에서 석례가 결정적 매개 역할을 하였을 것으로 생각된다.

　圓嶠 李匡師는 서예의 대가로 알려져 있다. 그의 부친인 이진검은 신임사화로 강진에 정배되었으나 오랜 유배 생활의 독기로 해배되자 곧 세상을 떠난다. 이진유는 부친의 충격적 사망에 과거시험을 포기하고 가내에서 서예에 몰두하여 많은 제자를 길러내는데, 그 후 이른바 나주 괘서사건에 연루되어 체포되자 첫 부인인 안동 권씨에 이어 재혼한 문화 유씨마저 충격으로 세상을 떠나고 그마저 왕명을 받아 함경도 부령으로 유배 길을 떠나게 된다. 그는 적소에 도착하자 생활을 책임질 장애애라는 여인을 배수첩으로 맞이하게 되는데 그녀에게서 주애라는 딸이 태어나게 된다. 그러나 애석하게도 주애라는 딸을 얻은 후 장애애는 시름시름 앓기 시작하다가 그마저 곧 세상을 떠나고 만다. 어린 딸 주애를 데리고 이번에는 다시 왕명을 받아 진도로 이배 형을 받아 떠나게 되며, 다시 그곳에서 절해고도인 신지도로 재 이배되기에 이른다.

지금은 완도에서 다리가 놓여 있지만 당시만 하더라도 절해고도
였다. 그는 절해고도에서 오직 자신의 취미인 서예에만 몰두하여
드디어 원교체를 대성하였으며, 남도의 대흥사, 선운사, 천은사
등에는 원교의 사찰 현판이 지금까지 남아 있다. 원교의 아들 이
긍익은 훗날 역사서인『연려실기술』의 대업을 완성하기도 하였다.
특히 그의 유일한 서녀 이주애는 아버지의 글씨체를 빼닮아 이주
애 서첩이 따로 전해질 정도였다고 하고 있다.

靜軒 趙貞喆은 양주 조씨로 그의 집안은 조태채의 아들 조정빈,
그의 아우인 조관빈, 조카인 조영순, 조영순의 아들인 조정철이
잇달아 제주도에 유배되어 유형생활을 하였다. 특히 조정철은 정
조 역모사건에 연루되어 제주도, 전라도 광양, 황해도 토산 등지
로 이배되어 27세에서 54세까지 근 30년을 전전하다가 고향인 경
기도 장단으로 방축되는데, 이러한 악몽을 이겨낸 힘을 그는 제주
유배 시 자신을 대신해 모진 형벌을 받다 죽은 홍윤애를 생각하며
견뎌 냈다고 술회하고 있다.(〈정헌영해처감록〉) 홍윤애는 유배지
의 이웃 여인으로 만나 자신의 어려움을 돌봐 주었으며 자신의 목
숨을 걸고 조정철의 죄를 숨겨 준 여인으로 기억하고 있다. 조정
철은 해배 후 제주 목사가 되어 제주도를 다시 찾아 홍랑의 무덤
을 먼저 찾는다. 조정철과 홍랑 사이에선 딸 하나가 태어나는데,
그녀가 나중 박수영과 결혼하여 가계를 잇게 된다. 필자가 십여

명필 이광사의 '정와'(상)와 '침계루'(하)

농암의 '애일당' 편액

년 전 제주대 교환교수로 있을 때 그 후손인 박인선 옹을 만난 적이 있는데 그는 애월 곽지리에 살면서 홍윤애의 무덤까지 돌보고 있다고 하였다. 자신이 지금 살고 있는 집도 조정철이 홍윤애와의 사이에서 난 양주 조씨에게 지어 준 집이라 하였다.

조정철 목사가 쓴 홍윤애의 묘갈명에는 이렇게 쓰고 있다.

구슬과 향기 땅에 묻혀 오래 된지 몇 해런가, 누가 그대의 원통함을 하늘에 호소할까. 머나먼 황천길 누구를 의지해 돌아갈까, 푸른 피 깊이 묻힘 나와의 인연 때문일세. 천고의 꽃다운 향기 형두꽃처럼 맵고, 한 집안의 높은 절개 제형이 어질구나. 가지런히 두 열녀문 지금은 세우기 어려우니, 무덤 앞 푸른 풀 해마다 돋게 하려 하네.

聾巖 李賢輔의 愛日堂

이 중에 시름 없으니 어부의 생애로다
일엽편주를 만경파에 띄워 두고
인세를 다 잊었거니 날 가는 줄을 알랴

굽어는 천심녹수 돌아보니 만첩청산
십장홍진이 언매나 가렸난고
강호에 월백하거든 더욱 무심하여라

농암 이현보의 〈漁父歌〉는 이렇게 시작된다.

몇 해 전 도산서원을 들렀다가, 낙동강의 한 지류로 농암 이현
보가 유유자적한 삶을 누렸던 汾川江(부내) 유적지를 둘러보았다.
나지막한 산자락에 둘러싸인 분천강 언덕에 농암이 옛 살던 모습
을 그대로 간직한 유적이 한눈에 들어왔다.

이현보는 오랜 관직 생활을 하면서도 그의 중용을 지킬 줄 아
는 성격 탓에 이른바 4대 사화도 모두 다치지 않고 피해 갈 수 있
었다. 30여 년의 공직 생활을 하면서도 나중에 대표적인 청백리로
추서된 유일한 인물이었다. 『중종실록』에 의하면 "이현보는 일찍

늙으신 어버이를 모시기 위해 스스로 한적한 외직을 자청하여 여덟 고을을 다스렸는데, 모든 곳에서 명성과 치적이 있었다."라고 기술하고 있다. 그는 여러 고을을 다스리면서도 고을 원의 신분으로 그곳의 노인들을 모시고 잔치를 베풀었으며, 고향 분천 가에 부모를 모시기 위하여 정자를 짓고 명절마다 때때옷을 입고 부모를 즐겁게 하기 위하여 재롱을 부렸다고 전하고 있다.

그는 강줄기가 굽이도는 분강 기슭에 부모님을 위하여 아담한 정자를 짓고 '愛日堂'이라 이름하였는데, 이는 "부모님이 살아 계신 나날을 사랑한다."는 뜻이었다고 전한다. 이때는 농암 자신이 이미 70이 넘은 때여서 노래자의 효도를 본받는다는 의도로 '애일당 구로회'를 결성하였으며, 이곳에 연로한 노인들을 모아 해마다 성대한 잔치를 베풀었다고 한다. 하룻 저녁 그곳에서 머물러 봤으면 하는 생각이 들 정도로 자연 풍광이 애일당과 잘 어울리는 고장이었다. '愛日堂'이란 현판은 일부러 중국에 가는 사신에게 부탁하여 중국에서도 으뜸가는 명필을 찾아 농암의 사정을 이야기하여 귀하게 받아 온 것으로 알려지고 있다. 애일당은 그 후 자연 풍광에 가장 잘 어울리는 건축물로 평가를 받고 있다.

농암의 〈愛日堂詩〉는 이렇게 읊고 있다.

조그만 고을 선성(예안) 나의 고향
선조들의 적선여경 길이 쌓여 있네
백발의 어버이 90이 넘었고
슬하에 자손들 집안에 가득하네

어버이 늙으시매 어이 나라를 잊을까
옛 사람들은 임금 섬기는 일 많다 하네
평천 세업 분강 흐르는 구비에
새로이 바윗가에 경당을 지었네

  천혜의 아름다운 경치를 자랑하는 분강 가에는 귀먹바위(聾巖),
사자바위(獅子巖), 자라바위(鼈巖), 코끼리바위(象巖) 등이 있는
데, 그의 호인 농암도 이곳 바위 이름에서 유래하고 있다.

  당시 도산 지역은 강력한 기반을 가졌던 선성 김씨, 선성 이씨들
이 하나 둘 이곳을 떠나고 그 자리에 영천 이씨 시조 헌(軒)이 자리
를 잡게 되면서 그 터전을 대대로 가꾸어 왔으며, 그의 아들 파(坡)
가 문과에 올라 의흥 현감을 지냈는데, 그의 외손녀가 노송정 이
계양의 배위이니 곧 퇴계 선생의 조모가 된다. 이런 관계로 농암
과 퇴계는 인척이 되는 셈이다.

  한편 농암은 영천 군수로 있던 중종 6년 잠시 휴가를 얻어 고향
에 돌아와 자신의 고조부가 지어놓은 肯構堂의 남쪽에 明農堂이
라는 정자를 짓고 벽면에 귀거래도를 그려 두고 언젠가는 고향에
돌아와서 자연을 벗 삼아 살 것을 항상 생각하였다고 한다. 농암

은 이 궁구당에서 태어났고 이 집에서 세상을 떠났다. 또한 그가
직접 지은 명농당에서는 도연명의 〈歸去來辭〉를 모방한 〈效顰歌〉
를 짓기도 하였다.

　　귀거래 귀거래하되 말뿐이요 간 이 없네
　　전원이 장무하니 아니 가고 어찌할고
　　초당에 청풍명월이 나명들명 기다리네

　그가 벼슬에서 물러나 고향으로 돌아와 귀먹바위(농암)에 올라
지었다는 〈농암가〉는 매우 높은 수준의 문학성을 보여주고 있다.

　　농암에 올라보니 노안이 유명이로다
　　인사이 변한들 산천이야 가실까(변할까)
　　암전에 모수 모구가 어제 본 듯하여라

　농암 이현보의 〈漁父歌〉·〈效顰歌〉·〈聾巖歌〉의 전통은 그 후
면앙정 宋純의 〈俛仰亭歌〉로 이어지고, 이러한 강호가도가 다시
이황의 〈도산십이곡〉, 이이의 〈고산구곡가〉로 이어지면서 우리
시가 문학의 전통을 계승하기에 이른다.
　농암은 주변 인물들과의 교유관계로 살펴볼 때 전통적 보수 문
인으로 사료되지만, 상기한 우리말 시조의 정갈한 창작 등으로 미
루어볼 때 매우 빼어난 우리말 시조 창작의 선편을 잡았던 문인의
한 사람으로 평가할 수 있겠다.

『삼국유사』의 〈調信夢〉에 대하여

『삼국유사』 권3 〈낙산이대성 관음 · 정취 · 조신〉 조에는 세 개의 이야기가 하나로 연결되어 있다. 먼저 낙산사 연기의 의상 원효 설화다. 원효는 낙산에 이르기 전 무논에서 벼 베는 여인을 만나 벼 얻기를 거절당하고, 또 월경대를 빨고 있던 여인에게서 물 얻기를 거절당하며, 소나무 위의 새들에게 희롱당하고, 그 아래 짚신 한 짝이 놓인 것을 보고 절에 이르러 관음전 아래서 또 짚신 한 짝을 마저 발견하였는데, 절 아래 성굴에 들어가서는 부처의 진용을 보고자 하였으나 풍랑이 심하여 보지 못하였다고 한다. 그러나 의상은 그 성굴에서 동해 용이 바치는 여의주를 가지고 나와 쌍죽이 솟아난 곳에 불전을 지으니 이것이 훗날의 낙산사가 되었다고 하고 있다.

낙산사 아래 신비의 동굴은 지금도 거센 파도가 드나들고 있으며 그 입구에는 홍연암이라는 암자가 세워져 있는데, 그 법당 아래로는 동해의 거센 파도가 지금도 늠실대고 있다. 그 뒤를 이어서는 곧 굴산조사 범일의 이야기가 계속되고, 잇달아 조신의 꿈 이야기가 연결되어 있다.

조신이 태수 김흔 공의 딸을 사모하여 낙산 대비전에 가서 그 여인을 자신의 아내로 얻게 해 달라고 기원하게 되는데, 마침 꿈속에서 그 뜻이 이루어져 그 여인을 데리고 고향으로 돌아가 40년을 함께 사는 동안 다섯 명의 자녀를 얻게 된다. 그러나 생활이 점차 궁핍해져 떠돌던 중 명주 해현령을 지나다가 장녀가 굶주려 마침내 죽게 된다. 부부는 늙고 병들어 우곡현에서 띠집을 짓고 살았으나 더 이상 가난과 어려움을 견디지 못하고 아내의 권유로 아이 둘씩을 나누어 서로 헤어지기로 약속한다.

홍안교소는 풀 위의 이슬이요 지란과 같은 약속은 바람에 불리는 버들꽃과 같도다. 그대는 나 때문에 누가 되고 나는 그대 때문에 근심이 되니 가만히 옛날의 기쁨을 곰곰 생각해 보면 그것이 바로 우환의 섬돌이었도다.

이렇게 서로 헤어지려 할 때에 홀연 꿈을 깨니 허무와 무상함이 물밀 듯 밀려 왔다. 아침이 되니 머리카락이 모두 하얗게 세고 세상을 사는 뜻이 없어져 탐염하는 마음이 모두 사라졌다고 하였다.

잠깐 마음이 맞아 뜻이 한가롭더니 은연히 근심으로 해서 창안이 늙었도다. 모름지기 다시 부귀를 기다릴 것이 없으매 바야흐로 괴로운 인생이 한 꿈같음을 깨달았도다. 수신이 잘되고 못됨은 먼저 성의에 달렸거늘 부귀를 기다릴 것이 없으매 바야흐로 괴로운 인생이 한 꿈 사이임을 깨달았도다. 수신이 잘되고 못됨은 먼저 성의에 달렸거늘 홀아비가 아미를 꿈꾸고 도적이 장물을 꿈꾸었도다. 어찌 가을이 왔다고 해서 청야에 꿈을 구어 때때로 눈을 감아 청량에 이를 수 있으랴.

훗날, 춘원 이광수는 1937년 7월『문장』지 임시 증간호에 〈꿈〉이라는 소설을 발표하였다. 이 작품은 『삼국유사』의 〈조신몽〉의 줄거리를 그대로 따온 작품으로 너무 잘 알려져 있다.

조신은 소망하던 여인 달례를 얻게 되고, 2남 2녀를 낳아 행복한 생활을 영위한다. 이 무렵 평목이란 중이 나타나 조신의 딸을 자기에게 달라고 말한다. 이에 격분한 조신은 평목을 죽여 동굴속에 시신을 내 버린다. 이때 달례의 약혼자였던 모례가 이곳에 사냥을 나와 마침 모례가 쏜 화살에 사슴이 맞아 그 동굴로 들어가 죽는 바람에 평목의 시체가 발견되고 조신이 그 범인으로 드러나 사형을 당하게 되는데, 조신이 살려 달라 고함을 지르자 누군가가 조신의 꿈을 깨우게 되는데 살펴보니 용선 화상이었다.

춘원의 〈꿈〉은 『삼국유사』의 〈조신몽〉을 그대로 형상화한 것으로, 몽유록계 소설의 근대적 발단이 되었다. 이 설화가 원효와 의상의 낙산사 연기, 굴산사 연기 설화에 덧 씌워져 관음신앙을 뒷받침해 주고 있다.

한국인의 정서

한국인의 독특한 정서는 무엇일까. 흔히 언급하기를 情과 恨, 그리고 興을 이야기한다.

'정'이란 단어를 사전에서 찾아보면 '느끼어 일어나는 마음의 움직임' 또는 '따뜻이 사랑하는 마음'이라 풀이되어 있다. 개념상의 표현이기 때문에 한국인이 체험하는 감정과는 거리가 있다. 체험적인 '정'은 훨씬 그 의미가 내면적이고 포괄적이다. '정을 주다'라는 말은 마음에서 마음으로 전달되는 것이기 때문에 마음 속으로 은밀하게 느끼는 감정이다. 말이나 행동이 없어도 눈빛 하나로 알아차릴 수 있다. '정겹다', '정답다'라는 말처럼 포근한 정감이 느껴지는 언어도 없다. 그 감정은 말을 통해서도 느껴지고 행동을 통해서도 느껴지며, 눈빛 하나로도 느껴진다.

이와 유사한 언어로 '사랑'이란 단어가 있지만, 사랑이 있기 전에 먼저 정이 통하여야만 한다. 정이란 받는 것보다는 주는 개념이 더 강하다. 정이 상대방에 전달되면 반드시 그 보상으로 자기에게도 되돌아온다. 정은 당사자 간에만 전달되고 마는 것이 아니고 우리 주변의 이웃들에게도 전염병처럼 번져 가는 속성을 지니고 있다. 작게는 이성이나 가족 간의 정에서 크게는 이웃 국가 간에도 번져갈 수 있으며, 이렇게 확대된 정은 다시 자신에게 삶의 보람으로 확대 재생산될 수도 있다.

정이란 언어가 상대방에게 인정을 받으면 사랑이란 언어로 되돌아온다. 정은 다사로운 감정이어서 상대뿐 아니라 주변까지도 온기로 가득 채워 준다. 한국인은 고래로 정이 많은 민족이었다. 그러나 정은 여리고 간극이 없는 감정이어서 민족이나 국가적 차원에서 보면 외세에 항상 약점으로 노출될 우려를 다분히 지니고 있다고 볼 수도 있다.

또한, 우리 민족은 역사적으로 한(恨)의 정감을 많이 지녔다고도 말한다. '한'이란 억울하거나 원망스럽거나 서러움에서 우러나는 정감이라고 할 수 있다. 아쉬움이나 미 성취감, 어디엔가 부족하다고 느끼는 감정의 결정이라고 할 수 있다. 뜻을 제대로 이루지 못하면 그 감정이 한으로 남는다. 그러기에 한은 약한 자의 회한이나 뉘우침이기도 하다. 만족스럽지 못한 뉘우침의 감정을 '정한'이라고도 한다.

우리 겨레는 예부터 한이 많은 민족이었다. 국력이 강대하지 못하여 자주 외세에 억압을 받아 왔으며 성취보다는 상실의 정감이 오래 지속되어 온 탓인지 한을 많이 품고 살아 왔으며, 문화적인 것도 강인한 것보다 애상적인 것이 많다고 할 수 있다. 그러나 이러한 애상과 한의 감정이 거센 역사의 흐름을 타면서 세련미와 은근과 끈기를 길러 왔다고 할 수 있다. 한스러움이 미련으로 남아 오히려 강인한 민족성을 길러 왔다고도 볼 수 있다.

정과 한에 이어, 흥(興)은 우리 민족이 지닌 독특한 유전자라 할 수 있을 것인데, 이것은 내면에서 외면으로 분출되는 분수와 같은 것으로, 정과 한의 정감에 비하여 매우 동적인 속성을 지니고 있다. 우리 민족은 고래로 노래와 춤을 좋아하는 민족이었다. 그 표출되는 행동을 신명이나 신바람이라고 불렀다. 기쁨이나 슬픔, 애처로움의 모든 감정들을 정체하게 묻어 두지 않고 외적 행위로 쏟아 내는 신바람과 흥의 정감을 지니고 있다.

또한 신바람은 내면적 정감을 외면으로 표출하는 하나의 에너지였으며, 이 에너지는 우리 민족의 독특한 전승 문화·전통 문화를 창조해 왔다. 우리 민족은 참으로 흥이 많은 민족이었으며, 그 흥을 원천으로 또한 멋스러운 전통 문화를 창조하여 왔다.

멋이란 풍류란 말로도 대체할 수 있는데, 이 풍족하고 여유 있는 멋스러움이 추상적이지만 우리 문화를 창조해 왔으며, 이 멋이 양성모음화된 '맛' 있는 음식처럼 우리 문화의 화려한 정수로 자리 잡게 되었다.

동양 삼국 가운데서도 중국인들은 '관계(關係)'를 전통적으로 매우 중요시하고, 일본인들은 서로 어우러짐, 즉 '화(和)'를 매우 소중하게 여긴다. 이에 비해, 한국인들은 '정(情)'을 으뜸으로 여기고 있다.

필자는 위에서 한국인의 정서적 특질로 정(情)과 한(恨)과 흥(興)을 언급하고, 이러한 정서적 특성이 하나의 멋(스러움)으로 승화되는 과정을 살펴 보았다. 우리는 이러한 민족 문화의 특수성을 동아시아 문화의 보편성 위에 잘 꽃피워 나가도록 노력해야 할 것이다.

아쿠다가와 류노스케(芥川龍之介)의
단편 〈긴쇼군(金將軍)〉에 대하여

일본 근대 작가의 대표적 인물인 아쿠다가와 류노스게(芥川龍之介)의 작품 가운데서 보면 유독 임진왜란을 소재로 한 단편 〈긴쇼군〉(金將軍, 김응서)이 눈길을 끈다. 내용을 요약하면 이러하다.

어느 여름날 조선 정탐에 나선 가등청정과 소서행장이 삿갓을 덮어 쓴 채 평안남도 용강군 동우리의 들길을 걷고 있는데, 논둑에서 돌베개를 베고 잠들어 있는 한 사내아이를 발견한다. 가등청정이 이 아이를 보더니 관상이 보통이 아님을 알고, 칼을 빼들고 이 아이를 해치려하나, 소서행장이 결코 장차 조선 정탐에 도움이 되지 않음을 말하고 극구 만류한 후 그곳을 지나치며 미련이 남아 자주 그 아이를 뒤돌아 본다.

그로부터 30년이 지난 후, 이 두 사람이 조선을 침략하여 서울과 평양을 함락하고, 선조가 의주로 몽진을 떠난 후 명나라에 원군을 요청한다. 조선이 풍전등화처럼 위기를 맞고 있을 때 소서행장은 평양을 점거한 후 미색으로 알려진 기생 桂月香을 불러 들여 수청을 들게 하고 향락을 즐긴다. 이를 안 계월향은 소서행장의 침실에 달아 둔 방울을 몰래 솜으로 틀어막고 술에 수면제를 타 취하게 한 후 김응서로 하여금 소서행장을 살해하게 한다. 그리고 행장의 목이 다시 되돌아가 붙지 않도록 미리 준비한 재를 뿌리게 한다. 목 없는 행장이 무의식 중 떨어뜨린 칼을 다시 주으려 하자 계월향은 그 칼을 김응서 장군에게 넘겨주고, 월향은 김응서의 도움으로 함께 그곳을 탈출한다. 그러나 그 후 김장군은 계월향을 그냥 두었다가는 무슨 해를 입을지 몰라 그 칼로 계월향의 배를 가르니, 뱃속에서 핏덩이의 아이가 튀어 나오며 "석 달만 더 견뎠으면 태어나 아비의 원수를 갚았을 텐데."라고 하며 넘어져 죽었다.

〈임진록〉에서 보면 계월향은 비록 여성이지만 전쟁 영웅이다. 나라가 위기에 처했을 때 사방에서 의병들이 봉기하고 전쟁 영웅들이 많이 등장하지만, 우리 역사상에 여성 영웅이 그리 많지 않은 가운데 계월향은 임란 당시 평양 전투에서 왜장 소서행장을 죽이고 전선을 승리로 이끄는 결정적 계기를 만들어 주고 있다. 이 계월향의 평양성 전투는, 진주 촉석루에서의 의기 논개의 활약과 대칭되고 있다. 논개가 의암에서 끌어안고 남강에 투신한 장수는 훗날의 역사에서 게야무라(毛谷村六助)라는 왜장으로 알려져 있다. 큐슈에는 왜장의 사당에 그를 껴안고 죽은 논개의 사당을 왜장의 후손들이 함께 모시고 있다고 한다. 그녀에게 해원해 주지 않으면 자기네 조상도 제사를 흠향할 수 없다는 논리이리라.

지금 평양에는 계월향의 사당이 있고, 진주에는 논개의 사당이 있어 임진왜란 당시 두 여성 영웅의 활약상을 우러르게 하고 있다.

그렇다면 일본의 아쿠다가와는 이 '金將軍'의 소재를 어디에서 얻었을까. 그는 대표작인 〈羅生門〉을 비롯하여 나쓰메(夏目漱石)의 격찬을 받은 〈鼻〉 등 소위 일본 物語類의 영향을 받은 많은 작품을 썼으나, 그 어디에도 이 외에는 한국을 소재로 한 작품이 없다. 〈긴쇼군(金將軍)〉이 유일하다. 다만 우리가 추정할 수 있는 것은 작가 생전에 일본에 전해졌을 것으로 생각되는 『傳說의 朝鮮』(박문관) 등에서 보면 김응서 최치원 등의 다양한 조선 일화가 보이므로 이러한 일본어로 된 전승 설화를 읽고 여기에서 소재를 얻었을 가능성을 짐작할 수 있다. 김응서가 계월향을 살해하는 것은 후환을 없애기 위함인데 다양한 방법으로 표현되고 있으며, 계월향이 오히려 김응서의 칼을 빼앗아 스스로 자결하는 등 〈임진록〉의 이본에 따라 많은 변모를 보이고 있다.

이 '김응서 이야기'는 후쿠오카 대학의 니시오카(西岡健治) 교수를 만나 〈임진록〉 이본의 다양한 변모를 들어 담소한 바 있는데, 그 후 그는 이것을 학술논문으로 작성하여 발표한 바 있다.

동북기행 10년의 회억들

필자가 연변대학(과기대)에 한국학 연구소를 개설하여 '한국학과 동아시아 문화'라는 주제로 10주년 국제 학술회의를 하기까지 10년간의 중국 생활은 정년 후 제2 인생의 많은 보람을 안겨 주었다. 그 단편적인 모습들은 이미 『동북 문화기행』(집문당, 2002)이란 저술을 통하여 언급한 바 있다. 연변대학 대학원에서 강의를 담당하면서 그곳 교수들과 많은 담소를 나누었다. 필자와 자주 연락이 있었던 권철 교수는 일찍 세상을 떠났고, 총장을 맡았던 정판룡 교수도 세상을 떠났으며, 그 뒤를 이었던 김병민 교수도 정년 후 산동대학으로 자리를 옮겼다. 가까웠던 김동훈 교수도 상해로 떠났다. 이미 또 10년의 세월이 훌쩍 지나갔다.

당시 과기대학 캠퍼스에 한국학 연구소를 개설할 때는 김병민 총장과 김진경 총장이 직접 와서 격려해 주었는데, 그곳에서 필자는 해마다 '중국에서의 한국어 교육' 세미나에 50여 명의 중국 전역의 교수들을 초청하였으며, 그 성과물을 책으로 엮어서 여덟 권의 방대한 결과물을 남기기도 하였다. 참으로 정년 후의 보람 있

연변대 김병민 총장과(좌 김동훈 교수)

는 생활이었다.

한편 틈나는 대로 동북 삼성의 한민족 관련 유적지를 찾아다니며 많은 역사 여행을 하였다. 장춘, 하얼빈, 심양의 삼성 성도 뿐 아니라 우리 민족과 관련된 유적지들을 시간 나는 대로 돌아 다녔다. 조선족 자치주인 연길, 용정, 도문, 훈춘, 화룡, 안도, 왕청은 물론, 부얼하퉁강, 해란강, 가야하, 도문강 유역을 찾아다니며 독립운동의 자취를 방문하고 조상들의 숨결을 느껴 보았다. 윤동주의 명동촌, 서전서숙, 일송정, 대종교 유적 청파호, 청산리 전적지, 봉오동 전적지, 조선혁명 군정학교 터, 하얼빈 역두의 안중근 유적지 등이 그 대표적 현장들이다.

발해 유적지를 찾는 여행에서 흑룡강성 영안시 발해진, 훈춘 팔련성, 화룡의 서고성 등지를 둘러보고, 정효공주 묘와 발해궁 유적들을 찾아 역사 여행을 할 때가 답사 여행의 전성기였음을 회억한다. 흑룡강 성의 하얼빈, 아성, 상지, 목단강, 영안의 조선족 마을을 답사했을 때와 수분하 러시아 국경에서 러중 무역에 나선 러시아와 중국 여성들의 물물 교환 시장의 이색 풍광은 지금도 잊혀지지 않는 볼거리였다. 천교령 산골에서 고향의 전통을 고스란히 그대로 지키고 있던 '안동마을'을 비롯하여, 충청도 마을 '정암리' 부녀회 등, 백여 년을 두고 떠나 온 고향 마을 전통을 그대로 간직하고 살고 있는 여러 한민족 집단 마을을 보면서 중국 땅의 한

청나라 심양 고궁

발해국 터를 지키고 있는 발해 고탑

청산리 항일 전적지에서

圖们市重点文物保护单位

凤梧沟反日战迹地

圖们市人民政府

一九八九年一月十八日公布

봉오동 반일 전적지 표지판

족(韓族) 전통 고수 풍습에 새삼 느끼는 바가 많았다. 하얼빈 역두에서는 누구나 잊지 않고 안중근이 이등박문을 저격한 현장을 찾게 되는데, 지금 그곳에는 안중근 기념관이 자리를 잡고 있다. 장춘의 길림대학은 학생 수가 7만 명이나 된다고 하는데, 중국의 십대 대학에 들 만큼 높은 수준을 유지하고 있었으며, 캠퍼스가 넓어 강의를 하자면 셔틀 버스를 이용해야 할 정도였다. 하얼빈 공업대학도 상당한 수준의 평판을 유지하고 있었다. 동북에서 가장 큰 심양은 천만 인구에, 한민족에게는 병자호란의 치욕을 연상케 하는 도시이기도 하다. 조선인 50만이 인질로 그곳에 잡혀가 노예 시장에서 매매되는 참극을 겪기도 하였다. 그곳 조선족 대학인 발해대학에 가면 삼학사 비가 건립되어 있는데, 청 태종까지 그들의 절개를 높이 샀다는 기록이 남아 전한다. 심양은 옛 만주국 도읍지로 마지막 왕 부의의 궁궐이 지금은 기념관으로 남아 있는데, 그곳에서 필자는 『위만주국 사실도록』을 구득하여 만주국 패망의 현장을 생생하게 읽을 수 있었다.

필자는 또한 중국에 거주하면서 두세 차례로 나누어 두만강 종단 탐사에 나선 적이 있다. 원지에서 발원한 물이 해란강, 수분하, 가야하, 부얼하퉁을 거쳐 두만강으로 합수하고, 다시 바다에 이르기까지 두만강은 누루하치 전설에서, 간도에 얽힌 갖가지 사연들을 안고, 방천을 지나 동해 바다로 쏟아 내는데, 그 칠백 리 두만강을 밟아 내려가면서 조중 국경 지역에 얽힌 한민족의 역사와 회한을 살펴볼 수 있었다는 것이 큰 수확이었다. 두만강의 종점 중국의 방천길은 러시아 영토와 강 너머 북한 영토 사이로 좁게 이어져 해안까지 연결된다. 삼국 국경에는 북한과 러시아를 잇는 철로가 가로놓여 있고, 러시아와 북한 땅을 한눈에 건너다볼 수 있는 전망대가 놓여 있다. 을씨년스런 국경의 긴장감이 느껴지기도 한다.

필자가 중국에 거주하면서 답사한 또 하나의 행운은 옛 연행사들이 다니던 압록강에서 열하에 이르는 연행로를 답사할 수 있었다는 일이다. 압록강을 건너 책문을 지나고 구련성 봉황산을 지나고 통원보 초하구 연산관을 지나고 요양을 거쳐 당시 청나라의 수도였던 심양에 이르며, 여기서 다시 신민 북녕을 지나 명청의 격전지 금주, 송산, 탑산을 지나 노룡, 풍윤, 옥전을 거쳐 북경에 들어가거나 열하에 이른다. 압록강에서 북경까지는 이천리 길, 연행사가 서울에서 이 길을 왕복하는 데는 체류 기간을 합쳐 반년의 세월이 걸렸다고 하는데, 이 길을 두 달 간에 답사하면서 연행사들이 머물던 지소들을 둘러보고 연행록과 고적들을 살펴 볼 수 있었다는 것은 필자만의 큰 행운이었다. 심양에서 열하에 이르는 길에는 우리 고조선의 영역인 요하를 비롯하여 소릉하, 대릉하를 지나 난하의 물을 반드시 건너야 하는데, 우기에 하수가 범람하면 물이 빠지도록 며칠씩 수백의 일행들이 기다려야 했으니, 연행은 동지사, 정조사 등 한중 간 필수적 내왕 행사로, 결코 쉬운 일이 아니었음을 실감케 하였다.

또한 귀국 길에는 동북의 명승인 의무려산, 천산, 각산 유람이 필수 여행 노정이어서, 역대 연행사들이 그나마 부러워하는 노정의 하나였음을 살펴볼 수 있었다. 필자는 민족의 성산인 백두산에도 여러 번 오른 경험이 있다. 주로 북파나 서파를 통해 올랐을 뿐, 풍광이 좋다는 남파를 통해 오른 적은 없다. 그런데 천지를 볼 수 있는 비결은 장백 폭포에서 하늘을 보면 구름의 흐르는 모습을 보고 알 수 있다. 구름이 천지로 향하지 않을 때 오르면 반드시 천지의 장엄한 풍모를 조망할 수가 있다. 특히 도보로 오르다 보면 여름철 천지 주변의 철쭉 노란 만병초 등의 갖가지 색깔의 꽃들이 만발할 시기를 택하면 백두산의 모습이 더욱 신비롭고 새롭다. 달문 근처에서 솟는 온천수에 손을 담궈 보는 것도 하나의 추억이다. 옛 지도에 보면 종덕사의 낡은 건물이 보이고 그곳에 사람이 살았던 흔적이 있다.

나의 후반기 삶을 대학 생활 30년과 정년 후 동북 생활 10년으로 나눈다면, 나는 훨씬 후자에 비중을 두고 싶다. 드넓은 요녕성, 길림성, 흑룡강성, 동북 삼성을 마음껏 답사하고 여행할 수 있었고, 내 연구소(한국학연구소)가 중국 전역의 대학에 한국어, 한국 문화를 전파하는 데 일익을 담당할 수 있었음에 적지 않은 자부심을 느끼기 때문이기도 하다.

漢拏山 白鹿潭에 대하여

한라산을 세 번 오른 경험이 있다. 첫 번째는 대학 재직 시절에 졸업생들을 인솔하여 제주에 왔다가 백록담까지 올라간 적이 있고, 두 번째는 제주대학에 일 년 와 있을 때 지인들과 함께 오른 적이 있으며, 세 번째는 친구들과 한라산을 등반하였으나 백록담까지는 오르지 못하였다.

한라산을 오르는 등반 코스는 어리목, 영실, 성판악, 관음사, 돈내코 등 여러 길이 있으나 필자는 영실과 어리목을 선택하였던 것으로 생각된다. 특히 영실 코스는 장관인 오백장군봉과 주목 구상나무 우거진 숲이 있어 더욱 좋았다. 한라산은 백두산 지리산과 더불어 우리나라 삼대 명산의 하나이며, 특히 멀리 떨어진 최남단의 섬 제주에 위치하여 대외적으로 한반도의 강역을 알려 주는 상징적 영산으로 그 의의가 매우 깊다고 하겠다. 한라산은 특히 산이 높아 하늘의 은하수를 잡아당길 만하다 하여 '漢拏'라 명명되었다고 하는데, 두루뭉술한 산이라 하여 일명 '圓山'이라고도 일컬어지며, 정상 백록담이 움푹 파여 있다 하여 일명 '無頭岳'이란 명칭

백록담 마애명

한라산 백록담

을 지니고 있다.

원래의 백록담은 삿갓 모양의 봉우리였는데, 이미 태곳적 화산 활동으로 봉우리가 날아가 오늘의 산방산이 되었다고도 하며, 산방산을 가져다 백록담을 거꾸로 메우면 원추형의 정상이 복원된다는 설까지 있는 형편이다. 원래 백록담에는 맑은 샘물이 가득 고여 있어 하늘의 선녀들이 복날이면 이곳에 내려 와 목욕을 하곤 하였는데, 한라산 산신령이 이 광경을 몰래 엿보다가 옥황상제의 노여움을 사서 흰 사슴(白鹿)으로 변하는 징벌을 받았다는 이야기가 전해진다. 옛적엔 백록담의 물이 결코 마른 적이 없었다고 전한다.

제주 목사였던 아버지를 만나기 위해 제주에 왔다가 존자암 승려와 함께 한라산을 등반한 문사 林悌는 승려에게서 다음과 같은 말을 들었다고 전하고 있다.

> 여름밤이면 사슴들이 산골짜기에 물을 마시러 옵니다. 가까이에 산척이 있어 활과 화살을 가지고 산골짜기에 잠복하였습니다. 사슴 무리가 모여 오는 것을 보니 숫자가 천백이나 되었습니다. 그 사슴 등 위에는 백발노인이 타고 있었습니다. 산척은 놀라고 괴이하여 범하지를 못하고 다만 뒤떨어진 사슴 한 마리를 쏘아 죽였습니다. 조금 있으니 사슴을 탄 노인이 사슴 무리를 점검하는 것 같았는데 길게 휘파람을 한번 불더니 홀연히 볼 수 없었습니다.(〈등한라산기〉)

한라산 영실의 오백장군봉

옥황이 산신령을 백록으로 변화시켰다는 전승의 한 변형으로, 사슴을 탄 노인(산신령)이 사슴을 점검하는 것으로 나타나고 있다. 이 이야기는 임제의 기록을 인용한 『지봉유설』에도 나오며, 『해동이적』에는 사슴을 탄 백발 노옹을 '한라 산신'이라 일컫고 있다.

면암 최익현의 〈유한라산기〉에 의하면, "갑자기 가운데가 아래로 함몰된 곳이 있으니 이른바 백록담이었다. 주위는 가히 일 리가 넘고 사면은 맑아 반은 물이고 반은 얼음이다. 홍수나 가뭄에도 물이 불거나 줄지 않는다고 한다. 얕은 곳은 무릎까지 깊은 곳은 허리까지 찼다. 푸른 듯 맑고 깨끗하여 티끌 기가 전혀 없으니 은연히 신선들이 사는 듯하였다. 사방으로 둘러 싼 산각들도 다 가지런하니 참으로 천부의 성곽이 만든 요새이다."라고 자세히 묘사하고 있다. 면암도 백록담의 물이 항상 일정 수량을 간직하고 있다고 하였는데, 근래의 백록담은 건기에는 물이 마를 때가 많다고 한다.

한편 김상헌의 〈등한라산기〉에는 이렇게 적혀 있다.

정상은 함몰하여 내려앉은 것이 꼭 솥 속과 같다. 동쪽 가에는 높고 낮은 바윗돌들이 우뚝우뚝 서 있고 사면은 향기로운 넝쿨 풀로 뒤덮여 있는데 가운데에 두 개의 못이 있다. 얕은 곳은 종아리가 빠지고 깊은 곳은 무릎까지 빠진다. 대개 근원이 없는 물이 여름에 오랜 비로 인하여 물이 얕은 곳으로 흘러가지 못하고 못을 이룬 것이다. 못의 이름은 백록담이다.

여기서는 두 개의 못과 물의 깊이, 물이 흐르지 못하고 못을 이룬 까닭을 구체적으로 적었을 뿐 아니라, 여기서 떠들면 비바람이 사납게 일어나고 장올(용추)과 같다는 지지의 기록들은 모두 잘못된 것이라고 매우 현실적으로 묘사하고 있다.

그러나 제주목사 이형상의 〈등한라산기〉에는 "백록담의 원경이 4백 보이며 수심은 수 장에 불과한데 원천이 없는 물이 고여 못이 된 것이며 비가 많이 와서 양이 지나치면 북쪽 절벽으로 스며들어 새어 나가는 듯하고 고기도 풀도 없으며 못가에는 모두 깨끗한 모래 뿐"이라고 답사기를 쓰고 있다.

한편, 이원조 목사의 〈백록담 답사기〉에는 "백록담의 길이가 가로 세로 사면으로 모두 8척이 넘고 깊이는 장으로 일백은 되지만 물이 겨우 정강이를 적시는 얕은 바닥의 경우가 전체 바닥의 오분지 일 정도"라고 아주 구체적으로 적고 있다.

또한 한라산의 높이(1950미터)를 최초로 발표한 독일인 지그프리드 겐테(Genthe, 1870~1904)의 〈한라산 등반기〉에서 보면 "백록담에 지하 세계로 통하는 문이 있다고 하는데, 이는 화산이 폭발하면서 생긴 틈새로 보이며, 백록담 언저리에는 작지만 강인한 제주의 야생마들이 풀을 뜯고 있었다."고 기록하고 있다.

위의 기록처럼 백록담은 탐사자의 시각이나 계절에 따라 각각 다른 주장과 표현을 하고 있다. 필자의 근래 답사에서 보면, 백록

대마도 이즈하라 최익현 선생의 순국비

담 바닥은 사토질이어서 점차 물이 고갈되는 횟수가 잦아지고 있고, 상단의 임목과 풀숲이 자라 사슴 무리들이 그곳을 은신처로 자주 출몰하고 있다는 사실을 확인할 수 있었다. 그리고 북벽의 암석들이 무너져 내려, 예컨대 홍윤애라는 여성을 사랑했던 적객 조정철의 암각 단편이 백록담 언저리에 나뒹굴고 있는 모습을 보면서, 또 우마들까지 백록담에 분뇨를 남겨 놓은 모습을 보면서 백록담의 정비와 원형 보존이 시급하다는 느낌을 새삼 갖게 되었다. 만약에 백두산에 천지가 없고 한라산에 백록담이 없었다면 얼마나 삭막할 것인가, 영지에 남겨진 전승 설화가 없었다면 우리들의 삶이 얼마나 고단할 것인가를 다시 한 번 생각하게 한다.

민족시인 정지용은 젊은 날 벗들과 함께 다도해를 거쳐 한라산 정상에 오른 감회를 매우 사실적으로 이렇게 읊고 있다.

절정에 가까울수록 뻐꾹채꽃 키가 점점 소모된다. 한 마루 오르면 허리가 슬어지고 다시 한 마루 우에서 모가지가 없고 나중에는 얼골만 갸웃 내다본다. 화문처럼 판 박힌다. 바람이 차기가 함경도 끝과 맞서는 데서 뻐꾹채 키는 아주 없어지고도 팔월 한철엔 흩어진 성신처럼 난만하다. (생략) 가재도 기지 않는 백록담 푸른 물에 하늘이 돈다. 불구에 가깝도록 고단한 나의 다리를 돌아 소가 갔다. 쫓겨 온 실구름 일말에도 백록담은 흐리운다. 나의 얼굴에 한나절 포긴 백록담은 쓸쓸하다. 나는 깨다 졸다 기도조차 잊었더니라.

명나라 吳明濟가 엮은『朝鮮詩選』에 대하여

필자가 북경대학을 처음 방문한 것은 한중 수교 이전 1999년
이었다. 위욱승 교수의 초청으로 지금은 고인이 된 정규복 교수
와 동행하였다. 남조선 학자로는 처음이라 하였다. 학내 臨湖軒에
서 필자는 〈연행사 문화와 통신사 문화〉라는 제목으로 특강을 하
고 토론에 임했으며, 만찬에는 季羨林(부총장), 樂黛云(비교문학
회장), 韋旭昇(조선어과) 교수가 함께해 주었다. 그 후 2005년에
는 다시 북경대 조선문화연구소의 초청으로 일 년간 북경대학에
서 조선문학과 대학원 학생들에게 강의를 하면서 체류한 적이 있
다. 석사 과정 여덟 명이 필자의 강의를 들었는데, 텍스트는『춘향
전 원전 강독』이었다. 학기가 끝나면서 위욱승 교수와, 마침 북경
에 체재하고 있던 민영대 교수(한남대)와 함께 황산과 양주 최치원
의 유적지를 탐방하였던 일이 지금까지 가장 기억에 남아 있다.

필자는 강의가 끝나면 구내 무명호를 한 바퀴씩 돌아 산책을 하
다가 남는 시간에는 북경대 도서관을 자주 이용하였다. 당시까지
만 하여도 북한 서적은 꽤 많았으나 남한 서적은 그리 많지 않았

북경대 지셴린 부총장과 함께(왼쪽에서 네번째)

다. 마침 고서를 뒤적이던 중 발견한 명나라 오명제가 엮은 고려 간본『朝鮮詩選』과『春香傳』(한역본) 등이 눈에 띄어 간간이 읽어 보다가 이들을 복사하여 귀국할 때 가져오게 되었다.

본고에서는 주로 북경대 유일본으로 소장된『조선시선』에 대하 여 그 내용을 검토해 보기로 한다.

『조선시선』은 상하 모두 7권 2책으로 편집되어 있으며, 1600년 에 간행되었다.

권1-오언고시(12명; 28수)

권2-오언고체(15명; 27수)

권3-오언율시(34명; 56수)

권4-오언배율(3명; 3수)

권5-칠언율시(27인; 59수)

권6-오언절구(28인; 46수)

권7-칠언절구(55인; 121수)

위의 시를 모두 합산하면 340수가 수록된 셈이다. 이 가운데 가 장 많이 수록된 시는 난설헌의 작품으로 모두 58수, 정몽주 17 수, 정희량 16수, 허균 15수, 신광한 13수, 이숭인 11수, 김종직 11수의 순으로 되어 있으며, 한 수만 수록한 작가도 60여 명이나 된다.

1989년 북경대 교강사들과(필자는 윗줄 오른쪽 세 번째)

편자인 오명제는 당시 병조좌랑이던 허균의 집에 머물면서 그의 적극적인 도움을 받아 이 책을 편찬하였으므로 난설헌과 허균의 작품이 많으며, 자주 만났던 윤근수, 이덕형의 도움을 많이 받았다고 한다.

『조선시선』에는 세 편의 서문이 존재한다. 맨 앞에 나오는 서문은 〈刻朝鮮詩選 序〉라고 한 중국 동래인 韓初命의 각자 서문이다. 그 아래는 '朝鮮梁慶遇書'라 기록되어 있다. 글씨를 쓴 양경우는 부친이 梁大撲으로 『양대사마실기』에 의하면 오명제와 양경우의 내왕 사실을 기록하고 있어 그 친분을 확인할 수 있다. 이 서문은 6면에 걸쳐 실려 있는데, 한초명과 양경우와의 관련성, 다시 말하면 서문을 지은 사람과 이 서문 글씨를 쓴 사람의 관련 양상을 주로 기술하고 있다.

편자 吳明濟의 〈朝鮮詩選 序〉는 모두 6면으로 되어 있다. 그 내용을 보면, 오명제가 정유재란 때에 병부급사중 서관란을 따라 조선에 들어왔다가 조선 시에 관하여 깊은 관심을 가지고 처음부터 의도적으로 수집하기 시작하였으며, 당시 병조 좌랑이던 허균의 집에 머물면서 그가 제공한 자료와 외워주는 시들을 바탕으로 『조선시선』을 완성하게 되었으며, 자주 만남이 있었던 윤근수와 이덕형이 이 책의 편집을 도와주었다고 하고 있다. 이런 인연으로 허균과 난설헌의 시가 많이 들어간 것으로 보인다.

마지막 〈朝鮮詩選 後序〉는 모두 5면으로 되어 있는데, '朝鮮許筠 頓首再拜書'로 되어 있으니 허균이 직접 쓴 것이다. 내용상으로는 조선과 중국의 당시 긴밀한 관계성을 먼저 언급하고 『조선시선』의 편성 과정과 작품을 선한 과정에서의 안목과 평가에 관한 언급들이 주를 이룬다.

『조선시선』에서 특히 눈길을 끄는 것은, 허균이 이 시집을 편찬하여 중국으로 들어가는 오명제에게 부친 〈송오참군자어대형환천조(送吳參君子魚大兄還天朝)〉라는 시 한 편이 국문과 한문을 병기하고 있다는 사실이다. 아마도 중국과 조선의 우호 관계를 과시하고 조선에도 국자인 한글 문자가 있음을 보이기 위한 것으로 여겨진다.

『조선시선』은 기본적으로 당대의 풍속과 서정을 읊은 대표적 조선인의 시가 주류를 이루는데 허균의 작품 15편, 그 매씨 난설헌 작품 58편을 비롯하여 정몽주 17편, 정희량 16편, 신광한 13편, 이숭인 11편, 김종직 9편, 조원첩 이씨 8편, 최치원, 김정 각 7편, 이규보 정보 각 6편, 백원항, 강희맹, 정지상 각 5편, 이제현, 석원감, 서거정, 김지대 각 4편, 설손, 이색, 이원, 임억령, 승설잠, 설장수, 이첨, 임억령, 최해, 윤근수 각 3편, 그 밖은 2편 10명, 여타 각 한 편씩으로 구성되어 있다.

이 중에는 난설헌을 중심으로 조원첩 이씨 등 여류 작가에 관심

필자 주관의 교산 허균 문학비

을 보이기도 하고, 석선탄, 석원감, 승굉 등 승려들에게도 관심을 표명하고 있는데, 이는 아마도 명말 시인들의 다양한 계층 확산과도 관련이 있다 할 것이다. 또 이러한 특징은 이후 명말 청초의 중국 시집 편찬과도 관련지어 생각해 볼 수 있을 것이다. 또한 이 시집의 출간과 더불어 허균의 시적 안목과 비평안이 중국에도 널리 알려지게 되었으며, 오명제와 허균의 문학적 협업 작업이 명말 청초의 한중 관계에 적지 않은 영향을 준 것으로 생각된다.

이 저술을 기점으로 중국에서 출판된 시집들을 보면, 藍芳威 편찬의 『朝鮮古詩』, 焦竑이 편찬한 『朝鮮詩』, 程相如의 『四女詩』 등을 들 수 있다. 『조선고시』 역시 존재가 불명확하였으나 최근 북경대 도서관에서 새로 발굴되었다고 한다. 내용은 근 절반 가량이 『조선시선』에 수록된 작품과 같다고 말하고 있다. 초굉의 『조선시』 역시 명대에 조선에 내왕했던 주지번이 허균과 접촉하면서 얻은 자료가 중심이 되었다고 하나, 지금은 이를 확인할 수가 없다. 『사녀시』 역시 책의 존재는 확인할 수 없지만, 그 중에 수록된 여러 편이 오명제의 『조선시선』에 나오는 작품들이며, 『난설헌집』에도 수록된 작품이라 전하고 있다.

이상에서 살펴 본 바와 같이 『조선시선』은 중국에서도 명말 청초의 변혁기에 조선의 문학과 문화 수준을 가늠해볼 수 있는 중요한 자료였음이 분명하다. 그리고 이 저술을 통하여 편자 오명제는

전주 객관 현판(명나라 주지번의 명필 '풍패지관')

조선의 문화 수준을 가늠해 볼 수 있었으며, 허균은 자기 집에 오랜 동안 유숙했던 편자 오명제에게서 명말 중국의 문화 내지 문학적 수준을 가늠해 볼 수 있었으리라 생각된다. 이렇게 보면 비록 모든 것이 파괴로 치닫는 전쟁(정유재란) 중이지만 오히려 『조선시선』이 한중 양국을 이어주는 문화적 교류의 가교 역할을 하였다는 사실을 살펴보게 된다.

나의 회고 시(구고)

황금찬 선생은 동성 고등학교 재직 시절 나의 교생 지도 교사이기도 하다. 이후 같은 교회(초동교회)에서 평생을 함께하였다. 내가 회갑을 맞았을 때는 회갑논총(『고소설사의 제문제』) 권두에 축시 한 편을 써 주셨다. 〈바위 앞에서〉라는 시였다.

그 바위엔 채색된 하늘이
짙은 이끼처럼 지키고 있었다
구름은 꽃잎으로 피어선
한 줄기 샘물로
흘러가고 있었다

아침이 오면
햇살처럼 솟아오르는
하늘의 지혜는 수 경의 파도로
노래하는 새들과
뛰어다니는 노루와 사슴 그리고
목이 긴 기린을 부르고
저들은 바위 앞에서

귀를 기울여
시대의 강물소리를 들었다

나는 변질되는 현실에
목이 마를 때
바위 앞에서 솟는
그 맑은 샘을 찾아
안개의 표주박으로 내일을 마시고
계절이 수놓는 삼세(三世)의
그림자를
마음의 문을 열고 있는
청자매병에 담고 있다

바위로 그 곳에 앉기 전엔
푸른 빛깔의 돌이
아침을 기다리며 앉아 있었느니
보전의 향기와
노, 장과 공, 맹의 음성과
퇴계, 율곡, 송강, 연암의 머리카락을 세며,
창세의 철학과 종말의 역사를
강물처럼 호흡하고
비로소 하늘 밑에 바위로 섰어라

설화의 전설을 이야기하고
사랑과 덕을 노래하며
눈물, 분노를 한 마음에 두고 있다.

자연은 가까울수록 말이 없고
친구는 멀어질수록 사연이 많느니
성오,
그만한 위치에서 다시 소년의 구름을
바라볼 수 있으니
역시 선(仙)이라오.
아직 이정은 멀고 할 일은 많다오.

그로부터 여러 해가 지나고, 어느 날 교회에서 점심을 나누고는
문득 집에서 써온 액자에 넣은 다음 시 한 절을 낙관을 찍어 내게
건네 주었다. 얼마 후 그는 세상을 떠나고 내 서재 위엔 〈꽃의 말〉
이란 시 한 구절만 덩그렇게 남아 있다.

사람아
입이 꽃처럼 고와라
그래야 말도
꽃같이 하리라
사람아 (2009, 황금찬)

황금찬 선생이 세상을 떠나고, 하루는 문득 내 서재를 정리하다
가 근 이십여 년이 지난 졸작 기행시 세 편을 찾아내었다.

환력기념논총 봉정식

회갑연(숭실대)

〈아리산 해맞이〉

아리산은 대만의 역사
아리산은 대만의 신앙
뜬 눈으로 설레며 해맞이 왔다는
타이페이인, 쟈위인, 광동인, 홍콩인
저마다 소원과 소망을 싣고
밤 열차로 달려온 사람들

해발 사천 미터의 옥산 정상이
어슴푸레 밝아오는 전망대
그들은 말이 없다, 짐짝같이 실려와도 마냥 즐겁다
메시아를 기다리는 설렘을 안고
환성이 태고의 적막을 깨친 뒤에야
구름 속에 다정하게 솟아난 얼굴
태양을 한 아름씩 안고 돌아서면
그제야 이웃과 다정해지는 얼굴들

아리산은 그들의 역사
아리산은 그들의 영원한 신앙

〈낙산사 가는 길〉

연 사흘 밤을 잠 못 이루게 하더니
어젯밤엔 키를 재는 눈이 내리고
해일이 어촌을 삼켜 버렸다

어둠에 꾀여 바다에 나갔더니
나는 눈보라와 물보라의
극성스런 입맞춤을 보았다

매월당 사유록을 읽다 잠들었는데
밤새 길가에 나 앉은 고깃배엔 간밤의 사랑의 열매가 가득 담겼다.
십팔 년 만의 폭설과 해일

노도와 송뢰에 쫓기며
낙산사 가는 길에 나는
천 년 전 조신의 꿈을
이 설원의 발자국 뒤돌아보며
곰곰 생각해 본다

〈겨울 해금강〉

겨울 해금강에 오면
가슴마다 달이 뜬다
꿈속에 다가선
원시 적 낙원의 형상
달무리가 파도처럼 일렁이고
물결이 전설처럼 달려와 안긴다

부서지는 파도에 세월을 묻고
흑조 거센 부리로 해벽을 쪼아
여기는 영겁의 신비가 잉태하는 곳

겨울 해금강에 서면
가슴마다 사랑이 영근다
서복이 허행한 삼신산 벼랑
풍상에 우뚝 선 불로초만이
매물도 너머 차가운 바람에
천년 신비의 꿈을 숨쉬고 있다

청농 진동혁 교수의 삶과 학문

청농 선생의 삶에 대하여

청농 진동혁 교수가 세상을 떠난 지도 어언 19년이 지났습니다. 단국대학이 그를 기려 학술발표회를 가진다고 하면서 청농 선생을 회억하는 말을 해 달라기에, 평소 그와 가까이 지내던 친구의 한 사람으로 옛 추억의 일단을 말씀드리고자 합니다.

청농은 체격이 건장하고 미남형의 인물이었지만 마음은 가녀리고 매우 세심하여 주변을 배려하고 세심하게 잘 챙겨주는 따뜻한 인정의 소유자였으며, 특히 제자들에게는 부모와 같은 따뜻한 사랑으로 보살펴 주는 자애로운 스승이었습니다. 가난 때문에 학업을 중단해야만 했던 제자들에게 남몰래 등록금을 지원해 주던 숨은 일화도 있으며, 비오는 날이면 우산을 많이 준비해 두고 대여해 주어 우산장수 스승이란 별명까지 얻기도 하였습니다. 학과장이나 인문대학장을 맡았을 때는, 대학의 초창기라 일들이 많아 서울로 출퇴근하는 일을 포기하고 며칠이나 학교를 지키던 일을 기억합니다.

20/03/2014 11:15

풍년회 모임 기념

청농은 필자와는 일 년 선후배 간이지만 유난히 각별한 우정을 나누던 사이어서, 필자가 국어국문학회 대표가 되었을 때 사무실을 얻지 못하자, 자기 집 근처에 있던 본인 소유 시조빌딩의 한 층을 거의 무상으로 대여해 주어 학회가 재정난을 극복하고 활성화하는 데 크게 도움을 주기도 하였습니다. 벌써 30년이 가까운 세월이지만, 하루는 몇 사람이 인사동의 풍년옥에 점심을 먹으러 들렀다가 청농이 주재하여 '풍년회'라는 학술모임을 만들었습니다. 이를 계기로 그 후 근 20여 명의 교수들이 모여 매주 학술 발표회를 가짐과 동시에 친목을 도모하는 모임이 그가 세상을 떠난 20여년 후에도 지속되다가 올해로 그 막을 내리게 되었는데, 이 역시 청농 선생이 주동이 되었던 유일한 사회학술 친목단체로, 그의 아이디어가 빛을 발했던 모임으로 감회가 새롭습니다. 청농은 일찍 대학교수가 되어 지금의 세종대학(당시 수도여자사범대학)에 몸 담고 있었는데, 당시 최옥자 학장의 회고에 의하면 진동혁 교수는 대학의 중요 자산이라며 특별 대우를 하였으며, 해외 출장 시에도 대학의 간판으로 꼭 그를 모시고 다녔다는 일화가 있었습니다.

청농은 1934년생으로, 경기도 광주군 언주면 양재리(현 강남구 도곡동)에서 부친 명한공과 모친 김다복 여사 사이 4남 4녀 중 장남으로 태어났습니다. 부친은 일찍 제일고보를 졸업하고 오랜 동안 언주면장을 지냈으며 지금 양재역 주변에 많은 토지를 소유하고 있어, 당시에는 천석꾼으로 강남 제일의 갑부로 알려져 있었습니다. 그러나 엄한 부모 밑에서 가정교육을 받아 식사 시에도 밥한 톨 남기면 천벌을 받는다고 하여 음식을 남기는 일이 없었으며, 함께 등산을 가면 주변에 있는 쓰레기까지 꼭 자기 배낭에 수거하여 오는 수고를 아끼지 않았습니다. 친구를 만나 어쩌다 점심을 살 때도 설렁탕이나 곰탕을 사는 검소함을 보였으나, 꼭 써야할 데는 아낌없이 쓰는 융통성도 가지고 있었습니다. 그러나 자기집 운전사나 관리인에게는 가족들의 생일까지 챙겨주는 세심함도볼 수 있었습니다.

청농은 일찍 양정고등학교를 졸업하고 고려대학교(54학번)에서 국문학을 전공하여 학사, 석사 과정을 마쳤으며, 단국대학교에서 〈이세보 시조 연구〉(1982)로 문학박사 학위를 취득하였습니다. 그는 학문 연구에도 끈기를 보여 주었지마는, 학술 자료를 위하여 현장을 뛰어다니는 답사에도 놀라운 끈기와 집념을 보여 주었으며, 이는 곧장 학술 현장으로도 이어져 학생들에게 이론뿐 아니라 이른바 발로 하는 현장 답사의 모범을 보여주기도 하였습니다. 당시 단국대학 국어국문학과(서울캠퍼스 포함)는 특히 고전문학 분야에 있어서 기라성 같은 인물들이 활동하고 있었으니 김석하 교수, 김동욱 교수, 황패강 교수, 진동혁 교수 등이 그 대표적인물이라 할 수 있습니다. 천안캠퍼스 초창기에는 여러 가지 어려움이 많았던 것으로 기억됩니다. 필자도 당시 숭전대학 시절 천안 시장을 우연히 만나 천안 삼거리 발전 계획서를 프로젝트로 제안한 바 있는데, 그때만 해도 천안 인구가 읍 단위를 겨우 넘어설 정도에 불과하였습니다. 진동혁 교수는 초창기 한국학연구소 소장을 맡고 있으면서 우선 학술 세미나를 자주 개최하여 지역사회와의 거리를 좁히고 지역 인사들이 대학 사회에 관심을 갖도록 다양한 학술회의를 주도하였습니다. 그 결과는 매우 긍정적이어서 천안 캠퍼스가 지역 사회에 뿌리 내리는 데 크게 이바지하고 있습니다. 그는 또 학회 활동도 매우 적극적이어서 여러 해 동안 국어국문학회 총무이사 연구이사 등을 역임하면서 꾸준히 학회 활동을 하는 한편, 한국시조학회 회장(1981~94)으로 재임하는 동안『시조학논총』을 잇달아 발간하는 등 발군의 능력을 발휘하였습니다.

청농은 자녀 교육에도 남다른 집념을 가져 일남 삼녀를 두었는데, 아들 신일은 단국대 법학과를 나와 사업에 성공하였으며, 장녀와 삼녀는 이화여대를 졸업하고 차녀는 상명여대를 나와 사업에 성공한 배우자를 만나 훌륭한 가정을 이루고 있습니다. 그가 선대로부터 물려받은 많은 재산을 그가 세상을 떠나기까지 잘 유지 보존 관리할 수 있었던 이면에는 본인의 노력뿐 아니라 부인 강귀득 여사의 노력이 컸다고 할 것입니다. 그는 생존 당시에 아들을 얻지 못해 한동안 방황하던 시절도 있었으나 끝가지 가정을 지켜준 부인에게 너무도 고맙고 미안하다는 심정을 술회한 적이 있습니다.

또한 청농의 제자 사랑은 유별난 데가 있습니다. 천안 캠퍼스를 졸업한 그의 제자들 주례를 맡으면 신혼부부들에게는 사례금을 일체 받지 않았다고 합니다. 그 대신 신혼여행에서 돌아오면 반드시 주례를 찾아뵙는 예절을 엄격히 가르쳤다는 말을 들은 적이 있습니다. 단국대학 천안 캠퍼스는 진동혁 같은 교수들이 있어 지역 사회에서 졸업생들이 뿌리 내릴 수 있었습니다.(천안고 김병휘 선생) 지금은 천안시가 수십 만의 인구에 십여 개의 대학들이 자리를 잡고 있지만, 가장 오랜 역사를 지닌 단대 출신들이 학교를 비롯한 지역 사회에 깊이 뿌리를 내리고 있어 후배들을 이끌어 주고 있습니다.

현재 대학 사회는 지식의 전수보다 점차 도덕성을 갖춘 사회인을 기르는 기관으로 변모되어 가는 양상을 보이고 있습니다. 그런 점에서 살펴보면 일찍이 참 스승의 모습을 보여 준 진동혁 교수의 품성을 더욱 높게 평가할 수 있을 것입니다.

대학을 졸업한 지 수십 년이 지난 후에도 명절이면 모교의 스승 묘소를 참배하는 일에 앞장서 교통편을 마련하고 식음료를 준비하여 구자균 교수, 김춘동 교수, 조지훈 교수의 유택을 찾았던 일도, 그를 추모하는 오늘 새삼스럽게 떠올리게 됩니다. 청농은 그만큼 사려 깊고 도덕성이 강한 인물이었습니다.

필자가 국어국문학회 회장을 맡고 있을 당시, 필자와 진동혁 교수, 박용식 교수(건대) 세 사람이 3일 간 일본에 체류했던 기사가 아사히신문에 사진과 함께 보도된 적이 있습니다.(1993. 2. 17) 당시 오사카에서 3일 간 체재하는 동안 아사히 컬쳐에서 필자는 '조선통신사 문화에 대하여', 청농은 '한국 시조와 와까에 대하여', 박교수는 '한국 설화 소설에 대하여'라는 주제로 일본 학자들과 서로 의견을 교환한 바 있는데, 이제는 모두 세상을 떠나고 필자만 홀로 남아 청농을 회고하는 담화를 하고 있으니 새삼 세월의 무상함을 느끼게 됩니다.

오늘 청농 서거 19주년을 기념하는 학술회의는 후배 교수, 학생들이 청농의 정신과 학문을 계승하겠다는 다짐을 보여 주는 한편 청농 이후 면면히 이어 온 국학정신을 이어 가겠다는 다짐을 하는 자리라고 생각되어 더욱 뜻깊고 보람된 행사가 되리라 생각합니다.

청농 선생의 학문에 대하여

동학의 입장에서 섣불리 그의 학문 세계를 논한다는 것은 매우 조심스런 일이라 할 수 있습니다. 필자는 일찍이 서강대학 가까이에 살던 나손 김동욱 교수의 초막을 찾아가 그의 집 가득 쌓여 있던 한적 고문서들을 황패강 교수와 함께 분류 정리한 적이 있습니다. 그 결과물은 '나손통신'을 통해 몇 달에 걸쳐 수록되기도 하였

습니다. 그는 건장한 체격에 몸을 겨우 뉘일 정도의 와옥에 살았
지만, 대학(연세대)에서 봉급을 받으면 어김없이 1~2할을 먼저 떼
어 문집이나 고문서를 구입한다고 하였습니다. 그리고 이런 자료
들을 구입할 때면 고서 거간꾼에게 달라는 가격에 어김없이 1할을
더 얹어 준다고 하였습니다. 이것이 그가 그 많은 자료들을 수집
하는 비결이었음을 뒤늦게 알게 되었습니다. 그가 주관하던 '문학
비건립동호회'도 십시일반으로 출연하여 그 후 20여 기의 문학비
를 건립하였는데, 그가 세상을 떠나자 이마저 중단되어 버렸습니
다. 당시 필자가 주관했던 문학비(강릉 허균 비, 일산 신광한 비)도
지금은 관광 명소로 자리잡고 있습니다.

　이러한 나손 정신을 이어 받은 분이 바로 청농이 아닌가 생각됩
니다. 고서점 경안서림 김시한의 말을 들어 보면, 고서점에 새 자
료가 나타나면 일단 청농 선생에게 먼저 연락을 한다는 것입니다.
여느 학자들은 자료의 가격을 깎으려 흥정을 하지만 청농은 필요
로 하는 새 자료의 경우에는 반드시 웃돈을 더 얹어 주므로 쓸 만
한 자료가 시중에 나오기만 하면 먼저 청농에게 연락하였으며, 이
것이 청농으로 하여금 그 많은 자료를 입수하게 한 비결이었다고
하고 있습니다.

　청농의 학문 세계를 살펴보면 우선 다음과 같은 몇 가지 요인을
살펴 볼 수 있습니다.

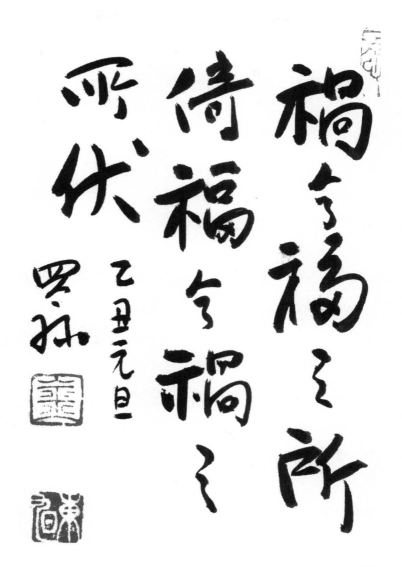

禍兮福之所倚福兮禍之所伏

乙丑元旦

羅孫

나손 김동욱 박사 필체

첫째, 학문의 기초가 되는 자료 수집의 정보망이 세밀하게 구축되어 있다는 점입니다. 청농과 함께 다녀 보면 고서점가에는 모를 사람이 없을 정도로 정보망이 발달되어 있다는 것을 알 수 있습니다. 인사동, 청계천, 장한평, 강남에 이르기까지 오랜 거래를 통하여 정보 첩보망이 촘촘히 짜여 있습니다. 이는 물론 경제력도 뒷받침되어야 하지만 오랜 동안 그들과 인간관계가 이미 형성되어 있다는 증거라 할 것입니다.

둘째로, 그는 새 자료에 대한 놀라운 집념과 이를 기어이 해석해 내는 분석력과 인내심을 지니고 있습니다. 자신의 힘으로 해결할 수 없는 부분은 한학자의 손을 빌리거나 문중의 힘을 빌려 기어이 해결해 내고야 마는 집념의 소유자임을 알 수 있습니다. 그의 자료 수집은 시조가 물론 중심이지만, 소설, 만담, 역사물, 잡기에 이르기까지 욕심이 끝이 없습니다. 오죽하면 남의 분야를 침범하지 말라는 농담 섞인 충고까지 듣기도 하였습니다.

셋째로, 청농은 학문에 대한 욕심이 많고 독점욕이 매우 강한 분이라 할 수 있습니다. 한 가지 일에 매달리면 몇 달이 지나더라도 끝장을 보고 마는 성격의 소유자입니다. 경제적으로 유복한 환경에서 성장했으니 교수 생활을 적당히 즐기면서 유유자적한 생활을 누릴 만도 한데, 그를 모르는 사람들은 전혀 의외라 여길 만큼 학문에 있어서는 자기 관리가 엄정하고 철저합니다. 무엇이든지 끝장을 보지 않고는 견디지 못하는 벽을 지니고 있습니다. 그러기에 지나친 욕심이 자기 벽을 두텁게 쌓아 방법론 등 새로운 세계에 대한 융통성이 부족하다는 등 내심 비난의 목소리도 공유하고 있다고 말하기도 합니다.

청농은 학문의 세계에서 방법론보다는 빼어난 서지적 분석력이 돋보이는 학문의 마지막 세대 주자라 일컬어도 크게 틀리지 않을 것입니다.

조선조를 통틀어 남겨진 시조의 총량은 『한국시조대사전』(박을수, 1992)에 의하면 5,500수 쯤 되는데 그 중 십분의 일이 넘는 500여 수의 작품을 새 자료를 통해 발굴하고 있으니 이것 하나만으로도 문학사에 길이 남을 업적이라 아니할 수 없습니다.

청농의 첫 번째 업적은 이세보의 시조집 『風雅』의 발굴입니다. 지금까지 학계에 전혀 알려지지 않았던 경평군 이세보(1832~1895)의 시조 458수가 고서 수집상을 통해 굴러 들어온 것입니다. 청농은 몇 달에 걸쳐 이 자료를 집중적으로 분석하여 학위 논문을 내놓는 한편, 잇달아 『이세보 시조 연구』(집문당, 1983), 『주석 이세보 시조집』(정음사, 1985)을 출간하게 됩니다. 한편 그는 『풍아』의 작자를 알아내기 위하여 『조선왕조실록』, 『승정원일기』, 『국조방목』 등을 뒤지는 한편 이세보가 유배되었던 완도군의 외딴 섬 신지도를 여러 차례 답사한 결과로 숨은 저자를 세상에 알리는 데 성공했습니다. 지금은 완도에 딸린 섬인 유배지 신지도에 교량이 놓여 있어 그래도 내왕하기가 쉽지만, 당시의 신지도는 배를 타고 내왕하는 데 며칠이나 소요되던 천혜의 고도였는데, 다만 이세보의 유배 행적을 찾기 위해 그곳을 여러 차례 내왕하는 것을 보고 그의 끈질긴 집념을 짐작할 수 있었습니다. 그는 학과에도 현장 답사를 정규 과목으로 학점화해 두고 해마다 한두 번씩은 학생들을 인솔하여 문학의 현장과 문화 유적지를 답사하여 현장 실습을 시키곤 하였습니다.

그 후 그는 이름조차 알려지지 않았던 시조집 『解我愁』, 『芳草錄』을 새롭게 발굴하고, 이를 바탕으로 『신자료 시조집 주석 해아수 방초록』(대진출판사, 1994)을 다시 세상에 내놓기에 이릅니다. 『해아수』는 470수의 시조를 수록하고 있는데, 그 중 37 수가 전혀 새로운 작품입니다. 또 『방초록』은 전주 지역 답사에서 얻게 된 시조집인데, 『가곡원류』나 『대동풍아』와 관련된 것으로, 137편 중 21편의 새로운 시조를 수록하고 있습니다. 이들 자료는 일단 『모산학보』 등에 발표하고, 다시 『신자료 시조집 주석 해아수 방초록』(대진출판사, 1994)으로 세상에 내 놓았습니다. 여기서도 근 60여 편의 새 자료들이 실려 있습니다. 이러한 작업이 계속되나 이를 일일이 예거할 수는 없습니다.

〈晚梧 房元震의 문학 연구〉(『단대논문집』 23집)도 주목되는 새로운 자료 발굴입니다. 잇달아 〈金應鼎 시조 연구〉(『국어국문학』 90호, 1983) 등 십여 종의 자료들이 그의 손을 빌어 세상에 빛을 보이고 있습니다. 시가비건립동호회와 공동으로 이세보, 김응정 등의 문학비도 연관 지역에 건립하여 지역 문화 발전에 크게 이바지하고 있습니다. 시조 뿐 아니라 가사나 소설에 이르기까지 그의 관심은 그의 정력과 비례하여 끝이 없습니다. "삼동에 베옷 입고 암혈에 눈비 맞아……"라는 시조를 종전에는 남명 조식의 작품으로 알았으나 이를 김응정의 작품으로 바로잡고 『해암문집』을 인용하여 입증한 사실 등은 급성장한 우리 문학의 허점이 적지 않음을 반성하는 계기가 되기도 하였습니다.

청농 진동혁 교수의 업적은 후일에 『진동혁 전집』(도서출판 하우, 2000)으로 세상에 다시 태어났습니다. 이 전집은 모두 6책으로 되어 있는데, 1권은 『고시조문학론』, 2권은 『이세보 시조 연구』, 3권은 『고시가 연구』, 4권은 『주석 시조총람』(해아수, 방초록), 5권은 『주석 시조총람』(이세보 기타 시조), 6권은 그밖의 기타 시조 가사 잡기들을 모으고 있는데, 놀라운 것은 총 면수가 대략 2,300여 면에 이르는 방대한 분량이라는 것입니다.

청농 진동혁 교수는 조금 일찍 세상을 떠났지만, 인복, 재복, 학복을 고루 갖추고 세상에 태어나 이 모두를 성취하였습니다. 훌륭한 부인과 자녀들을 두었고, 선대에서 물려받은 재복을 얻었을 뿐 아니라, 마음껏 학복을 누리고 제자들의 추앙을 받았습니다. 비록 천수를 누리지는 못하였으나, 그가 남긴 사랑이 무르익어 오늘 그를 추모하는 학술대회가 성대히 열리고 있으니 참으로 행복하다는 생각이 듭니다. 그의 학덕을 기리는 학술대회가 모쪼록 유종의 결실 맺기를 기원하며, 삼가 고인의 명복을 빕니다.

韋旭昇, 大谷森繁 두 교수의 서거를 슬퍼합니다

지난해 해외 한국학의 대표 석학인 두 교수가 나란히 세상을 떠나셨습니다. 위욱승 교수는 중국을 대표하는 한국 학자이시고, 오타니 교수는 일본을 대표하는 한국 학자이십니다. 현대어문학을 전공하는 학자들은 많지만, 이 두 분은 공히 한국의 고전문학을 전공하여 가장 많은 학문적 업적을 남기신 분들이기에 슬픔이 더욱 큽니다.

필자는 이 두 분과 각별한 인연을 갖고 있습니다. 위욱승 교수는 필자와 연구 분야가 같아 만나게 된 경우인데, 미국의 한국학 석학인 피터 리(이학수) 교수를 통하여 제 저술(『임병양란과 문학의식』)이 마침 항왜연의(〈임진록〉)를 연구하던 위욱승 교수에게 전달되고, 그 후 서신 내왕을 통해 친분을 서로 쌓게 된 경우입니다. 그리고 오타니 교수는 고려대에서 필자와 함께 80년대에 대학원 공부를 하고 같은 해에 함께 학위를 수여 받은 경우입니다.

韋旭昇 교수는 고향인 남경에서 동방어언학원 한국어과를 졸업하고 나중에 북경대학에서 다시 한국어학과 4년을 졸업한 후 모

위욱승 교수 국가수상 기념(국회)

교에서 40년간을 한국어학과 교수로 재직하다가 정년을 맞았습니다. 그는 한국어는 물론 한국문학에도 조예가 깊어 이미 1980년도에 『朝鮮文學史』를 간행하여 문화혁명 이후 불모지에서 한국에 대한 관심을 불러 일으켰으며, 『임진록(항왜연의) 연구』라는 저술을 통하여 한중 문화에 대한 깊은 관심을 갖게 하였습니다. 그는 한국문학에 대한 유별난 애정을 가지고 『中國文學在朝鮮』이란 저술을 낸 바 있는데, 이는 일본에서도 『中國 古典文學과 朝鮮』이란 제목으로 출판되어 관심을 끌게 되었습니다. 그는 〈옥루몽〉, 〈구운몽〉, 〈사씨남정기〉 등 수많은 작품들을 중국에서 출판하고 연구하여, 십여 권에 이르는 그의 저작집은 전집으로 출판되어 그의 업적을 돋보이게 해주고 있습니다. 필자는 위 교수의 추천으로 한국인 학자로는 가장 먼저 정규복 교수와 함께 북경대학을 방문한 바 있으며, 이것이 인연이 되어 그 후 북경대학에 일 년간 초빙 교수로 방문한 적이 있었습니다.

근래에는 그의 제자로 한국의 공자학원 대표로 와 있는 苗春梅(북경외대) 교수를 통하여 그의 건강에 대하여 자주 전해 듣곤 하였는데, 갑자기 그의 별세 소식을 듣고 슬픔을 금치 못하였습니다. 장례식에는 참석도 못 하고 몇 사람의 친지 이름으로 된 조화만 올렸다는 소식을 듣고 더욱 슬픔을 억누를 길 없었습니다. 삼가 고인의 명복을 빕니다.

히로시마 미야지마 신사(오타니 교수와 함께)

大谷森繁 교수의 서거 소식은 천리대 교수인 오까야마 교수를 통하여 전해 들었습니다. 그는 근래 몇 년간 건강이 좋지 않았지만, 해마다 한 번씩 서울에 와서 여러 친구들을 만나곤 하였습니다. 필자가 80년대에 일 년간 천리대학에 교환 교수로 있을 때는 오타니 교수와 참으로 많은 곳을 찾아 다녔습니다. 그와 처음 일본서 만나 사이다마 현의 고려신사를 참배했을 때의 현장은 아사히 신문에 소개되기도 하였습니다. 그와 함께 천리 도서관에 수장된 〈몽유도원도〉, 법장이 의상에게 보낸 천 삼백 년 전의 편지를 구경할 때와, 이소노가미 신사의 백제 七支刀를 구경할 때의 감격은 지금도 잊을 수 없습니다. 그가 고려대에 학위 논문으로 제출한 〈조선후기 소설독자 연구〉는 일종의 소설 사회학으로, 일본인이 이런 논문을 썼다는 데 대하여 한때 화제가 되었으며, 그 후 학위 논문이 고려대 민족문화 총서의 하나로 출간되어 학자들의 주목을 끌기도 하였습니다. 그가 이끌던 조선학회는 그가 중심적 역할을 담당하였는데, 당시의 『조선학보』를 살펴보면 한국 고전의 〈태평한화〉, 〈천예록〉, 〈난실만록〉, 〈기문총화〉, 〈서주연의〉, 〈일석화, 정향전, 이장백전〉, 〈비평신증요로원기〉 등 근 20종의 새 자료들을 소개하고 있으며, 학술 논문으로도 〈운영전 연구〉, 〈이조소설의 각서〉, 〈한글소설 발달사의 특색〉, 〈조선문화의 이중성과 소설〉 등 십여 편의 비중 있는 논문들을 발표하였습니다. 그는

고려향에 위치한 고려신사의 현판(사이다마 현)

중조변경비를 배경으로(도문) 일본 친구 오타니 교수와 함께

위욱승 교수 가족과 함께(북경 중관원)

일본 학자로서 한국 고전문학을 본격적으로 연구한 유일한 1세대 학자라고 할 수 있습니다. 필자는 그의 고희연에 참석하여 〈내가 본 大谷森繁 교수와 그의 學問〉이란 제목으로 발표를 가진 바 있습니다. 뿐만 아니라 그는 디보데의 〈소설의 미학〉 등 여러 자료들을 내게 제공해 준 바 있으며, 그의 도움으로 아무도 본격적인 연구에 임하지 않고 있던 이마니시 문고를 뒤지고 그곳에 수장된 신광한의 〈기재기이〉를 복사하여 이를 고려대 소장의 목판본과 대비하여 『企齋記異 研究』를 완성하기도 하였습니다.

　돌이켜 보면 위욱승 교수와 오타니 교수와는 참으로 많은 시간을 같이하였으며, 그분들의 도움을 받기도 하였습니다. 위욱승 교수와는 가정적으로도 친밀한 관계로, 내가 중국에 처음 갔을 때(1979년)부터 그의 가정을 방문하였고, 그의 소개로 북경대 계선림(季羨林) 부총장, 비교문학회장 낙대운(樂黛云) 교수와도 만나 저녁 자리를 함께 하여 북경대학 이야기와 문화혁명의 체험담을 들은 적이 있습니다. 특히 필자가 일 년간 북경대 초빙 교수로 재직할 당시 위욱승 교수와 그 무렵 그곳에 체재하고 있던 민영대 교수 셋이 황산을 거쳐 최치원의 유적지를 둘러보던 여행은 위 교수와 함께한 마지막 여행이어서 더욱 잊히지 않습니다. 그가 한국에 왔을 당시에는 봉천동의 우리 집까지 찾아 주었는데, 그는 당시 함께했던 기록을 〈연대 재유록〉에 자세히 남겨 놓았습니다.

위 교수의 입원 소식을 듣고 그를 한 번 방문한다는 생각으로 날짜를 잡아 기다리고 있었는데, 홀연한 서거의 소식에 지난 세월을 회억하며 슬픔을 금할 수 없었습니다.

오타니 교수는 세상을 떠나기 두 해 전에 한국의 기독교 회관 숙소에서 만났습니다. 그의 곁에는 한국의 친구 여러 명이 와 있었습니다. 술을 좋아하여 그날 저녁에도 술자리가 잡혀 있었던 모양이었습니다. 건강을 위해 술을 많이 자제하는 편이었으며, 그런데도 자신의 학문과 후계에 대하여 이야기하곤 하였는데, 귀국 후곧 건강 악화로 입원했다는 소식을 들었습니다. 한국 고전문학에 대한 애착이 남달랐던 일본의 대표 석학이 위욱승 교수와 같은 해에 공교롭게도 함께 세상을 떠나 더욱 안타까운 마음 그지없습니다. 한국 고전문학 연구의 해외 두 기둥이 무너져 내린 슬픔에 필자도 함께하고 싶습니다.

삼가 韋旭昇, 大谷森繁 교수 두 분이 남긴 위업에 경의를 표하며, 머리 숙여 고인의 명복을 빕니다.

후백 황금찬 선생을 기립니다

초동 지성의 상징적 존재이셨던 후백 황금찬 선생(1918. 8. 8.~2017. 4. 8.)이 세상을 떠나셨다. 집 나이로는 100세를 사신 셈이다. 그가 태어난 곳은 강원도 양양군 도천면 논산리, 그곳엔 영랑호와 청초호가 있어 호수의 지킴이인 암용과 수용이 내왕하며 뿜어내는 동해의 정기를 받았음인지 40여 권의 주옥같은 시집과 20여 권의 산문집을 우리들에게 선물로 남겨 주셨다. 후백 선생은 키가 작은 편이 아닌데 그가 남기신 글들을 쌓으면 그야말로 등신대가 됨직하다.

필자는 대학을 졸업할 무렵 동성고등학교에서 교생 지도교사로 선생을 모신 인연이 있는데, 이후 초동교회에서 조향록, 신익호, 강석찬, 손성호 목사님을 모시면서 주일 예배 시간이면 맨 뒷자리 황금찬 선생의 옆자리를 지켜 왔다. 50여 성상의 적잖은 세월, 이렇게 만남과 헤어짐의 세월이 쌓이면서 비록 전공은 다르지만 그의 생평을 지켜 본 사람도 그리 많지 않으리라 생각된다. 선생은 내 회갑논집에 〈바위 앞에서〉라는 축시를 써 주셨을 뿐 아니라 선

덕진공원에서(황금찬 선생과 함께)

생이 주관하던 『시마을』에는 필자와 이수웅 교수가 산문 칼럼을 맡기도 하였다.

황금찬 선생은 다정다감한 분이셔서 남녀노소를 가리지 않고 그분과 함께한 자리에선 언제나 화제를 독점하셨다. 성서 이야기, 음악 이야기, 사랑 이야기…… 막힘없는 그의 화제에 귀 기울이다 보면 어느새 하루해가 저물고 있었다. 필자는 선생의 산문집 『정신으로 승리한 문학』을 읽고 여기서 아이디어를 얻어 학위 논문 〈임진록 연구〉의 단초를 마련한 적도 있었고, 초동교회 문화활동위원회에서 『돌아오지 않는 시간의 저편』, 『나는 어느 호수의 어족인가』의 초고를 함께 읽으면서 편집 의견을 모아 책을 상재하는 계기를 마련하기도 하였다. 선생은 흠결 없는 천생의 시인이셨다. 평생을 탐심 없이, 욕심 없이 오로지 시에만 탐닉하다 세상을 떠나셨다. 이름난 시인들 가운데도 세상의 정치적 현실에 기웃거리던 이들이 많았지만, 선생은 그 흔한 문단 정치에 한 번도 기웃거리거나 관심을 둔 적이 없었다. 그는 어느 시의 자평에서 "시와 벗한 지 70년이 넘은 것 같다. 시는 아직도 내게 비밀을 말해 주지 않는다. 생각하면 슬픈 일이다. 그러나 어느 날 내 앞에 그도 올 때가 있으리라."라고 시적 고뇌와 대망을 고백한 적이 있다. 그 기다림의 고통이 40여 권의 시집 속에 녹아 있으리라 생각하면 시의 구절구절이 선생을 대하는 듯 놀랍고 반갑기만 하다.

끝으로 선생님의 〈어머님의 아리랑〉을 소개하며 추모의 글을 마치고자 한다.

함경북도 마천령, 용솟골
집이 있었다
집이라 해도
십분의 4는 집을 닮고
그 남은 6은 토굴이었다

어머님은 봄 산에 올라
참꽃(진달래)을 한 자루 따다놓고
아침과 점심을 대신하여
왕기에 꽃을 담아 주었다

입술이 푸르도록 꽃을 먹어도
허기는 그대로 남아 있었다

이런 날에
어머님이
눈물로 부르던
조용한 아리랑

청천 하늘엔 별도 많고
우리네 살림엔 가난도 많지

아리랑 아리랑 아라리요
아리랑 고개를 넘어 간다

산이 무너져 내리고 있었다
하늘은 울고

무산자 누구냐 탄식 말라
부귀와 영화는 돌고 돈다네

박꽃이 젖고 있다
구겨지며

어머님의 유산
아리랑

忍苦의 歲月

사랑하는 김미혜자 약사가 오늘 세상을 떠났다. 을미년(2015) 2월 5일(목), 의사 아들 성상엽의 급한 연락을 받고 입원해 있는 동두천병원으로 달려가던 도중 패혈증으로 운명하였다는 소식을 접하였다. 참으로 허탈하였다. 며칠 동안 전화가 불통이어서 맘 졸였었는데 너무나 갑작스런 부음이었다. 허겁지겁 발길을 돌려 의정부 가톨릭병원 영안실로 달려갔으나 아직 영안실이 준비되지 않아 성상엽 내외만 만나 위로하고 다시 발길을 돌렸다. 김 약사와는 함께한 지가 어언 십여 년이 된다. 의왕시 포일동에 살 무렵 우연히 알게 되어 함께 지내면서 거기서 다시 용인의 명지 엘펜하임에서 2년간을 지내고, 덕소로 이사하면서는 몸이 불편하여 아들과 함께 합쳐 지내기까지, 미국의 캘리포니아 그랜드캐니언 서부 일대를 휩쓸며 함께 다녔고, 내 연구소가 있는 연변 과기대를 여러 번 함께 다니며 학술회의를 도왔고, 어릴 적 부모님이 살았다는 심양 일대를 다니며 추억담을 함께 나누었었는데, 지나간 세월이 주마등처럼 내 뇌리를 스쳐간다. 캘리포니아 약사 자격증을 자랑하며 여러 곳에서 약국을 개업하였고 특히 대학로에서는 적 잖은 돈도 벌었는데, 한국 생활에 익숙지 못하여 주변 사람들에게 많은 시련을 겪기도 하였다. 남아 있는 이수역의 오피스텔마저 며 느리 이름으로 등기해 놓더니 그곳에 잘 정착해 한번 보란 듯이 살 아보지도 못하고 병마와 싸우다가 73세의 나이로 세상을 떠나고 말았다.

돌이켜 보면 나는 참 여복이 없다는 생각을 하게 된다. 내 어머 니는 나를 낳은 지 삼년 만에 세상을 떠났다. 그러니 어머니의 얼 굴을 알 리 없다. 어린 시절을 계모 슬하에서 자랐다. 그러자니 내 할머니의 고생이 이만저만이 아니었다. 지금 내 머리속에는 어릴 적 나를 돌봐 주던 할머니의 모습이 어머니보다 더 깊이 각 인되어 있다.

대학을 졸업하고 초임지인 김천고등학교 교사로 재직하면서 알 게 된 아내와의 생활도 지금 생각하면 참으로 아름다운 추억으로 만 남아 있는데, 그 후 대학 교수로 30년간 재직하면서 제 연구생 활에만 몰두하다가 아내와의 가정생활을 소홀히 하여 가장 즐거 웠어야 할 정년의 해(1999)에 아내를 세상에서 떠나보내고 나니, 그 충격은 오랜 동안 나를 허우적거리게 하였다. 중국으로 달아 나 연변대학(과기대)에 한국학연구소를 개설하고 그곳에서 새로 운 의미를 찾고자 한 것도 바로 그러한 허전한 마음을 위로받고자

함이었다. 세상의 여인에게서 배신당하거나 여인에게 행복을 나누어 주지 못하는 남성들은 참으로 불행하다는 생각을 갖게 한다. 물론 내 계모님도 잘 해주셨지만 내 성장 과정에서 나를 반듯하게 길러 준 내 할머니의 정성과 사랑은 팔순을 넘긴 이 나이에도 잊어본 적이 없다. 또한 내 아내에 대한 추억은 회한으로 남아 나의 지난 날을 아프게 한다. 내가 좀 더 사랑하고 정성을 기울였더라면 여생을 행복하게 해로할 수 있었을 것이다. 다만 그 삶을 돌이킬 수 없음을 슬퍼할 뿐이다.

정년 후의 만년도 새롭게 김 약사를 만나 지난 삶을 교훈 삼아 내가 좀 더 사랑하고 보살펴 주었어야 했는데, 지금 생각하면 후회스런 점이 한두 가지가 아니다. 부부로서의 법적인 절차도 같이 하지 못했고 타산적인 것을 떠나 좀 더 잘 보살폈어야 하는데 먼저 저승으로 떠나보내고 나니 심정이 착잡하다. 그러나 어차피 이승을 함께 떠날 수는 없는 일, 다시 마음을 다잡고 살아 있는 동안은 열심히 그리워하며 사랑하며 살다가 나도 이 세상을 떠나야 할 일이다. 언젠가 전도서에서 보았던 한 구절이 생각난다.

"헛되고 헛되도다. 모든 것이 헛되도다. 한 세상이 지나고 다른 세상이 오도다." 사랑하는 내 아내 김숙희, 다시 사랑했던 김미혜자 약사, 부디 천국에서 평안하고 행복한 삶 누리기 바랍니다.

그랜드 캐니언에서

한국 문화와 동아시아 문화

필자가 비교 문화에 대하여 본격적인 관심을 갖게 된 것은 정년 이후 중국과 일본에 자주 내왕하면서부터였다. 일본 문화에 대한 관심은 나라 지역에 일 년간 체재하면서부터이며, 중국에 대한 관심은 정년 이후 북경, 길림성 연길에 장기 체류하면서부터라고 할 수 있다. 그간 교수 시절에 한국 문화에 대한 관심이 컸던 만큼, 이후 자연적으로 중국, 일본의 문화와 한국 문화를 비교하는 기회가 많아졌으며, 이후 한국 문화의 위상을 검토하는 외에 자연스레 중국과 일본 문화를 비교하는 기회를 자주 갖게 되었다. 종국적인 목적은, 일단 동아시아 문화의 보편성을 바탕으로 바람직한 한국 문화의 위상을 어떻게 정립할 것인가 하는 전제에 해답하는 논리를 찾기 위함이었다. 이를 위해 조지훈의 『한국 문화사 서설』 등의 저술이 많은 도움이 되었다. 한민족의 고유문화, 전통문화라는 특수성은 마땅히 인정되어야 하지만, 인접 민족이나 국가들로부터 항상 도전 받고, 문화 보편성의 물결 속에서 항상 도전 받고, 수용 변모하는 특성을 지니고 있다. 보편성의 흐름을 거부하면 그 문화 집단으로부터 소외당할 우려가 있는 반면, 상대방을 수용하는 포용성이 강하면 문화 집단의 새로운 이정표를 설정하는 데 긍정적 역할을 할 수도 있다.

문화란 물과 같아서 항상 높은 곳에서 낮은 곳으로 이동하는 속성을 지니고 있다. 그러나 일단 문화적 보편성이 형성되어야만 그 위에서 문화적 특수성, 고유문화를 꽃피울 수 있다. 필자는 이러한 문화 보편성의 토대를 마련하기 위하여 그간 십여 년에 걸쳐 세 권의 저술을 상재하였다.

그 첫 저술은 『한국 문화의 동아시아적 탐색』(태학사, 2008)이다. 여기서는 주로 '이웃 문화의 탐색'이란 소제목으로 한중, 한일 관계 문화의 제 양상들을 살펴보았으며, 교류의 실제적 사안들을 통하여 과거 동아시아 문화의 특성을 기록 문헌을 통하여 살펴보았다. 다음으로는 '한중, 한일 문화의 양상'에서 한중, 한일 문화 교류의 구체적 사안들을 통하여 우리 문화와의 관련과 접촉 현상에 대하여 언급하였다. 마지막 장에서는 '우리 문화의 향기'라는 항목을 통하여 우리 문화와 한중, 한일 문화의 구체적 접촉 사안들을 예거하여 살펴보고 동북아의 문화적 보편성을 형성하기 위한 기초적 작업을 하였다고 할 수 있다.

두 번째 저술은 『동아시아 문화 교류론』(제이앤씨, 2009)으로, 본격적인 문화 교류의 현상들을 여기서 다루고 있는데, 문화부가 선정하는 추천 도서로 선정된 바 있다. 이 책의 제1편에서는 본격적으로 '연행사 문화의 역사의식', '조선통신사와 한일 문화 교류의 양상' 등 개인이나 집단의 행위들을 바탕으로 양국 문화와 우리 문화의 관련성을 살펴 보았다. 제2편에서는 한중, 한일 문화의 바람직한 미래상을 서술하고, 한국에 남아 있는 한중, 한일 문화의 양상을 통하여 동아시아 3국의 문화적 보편성 형성이 절실하다는 사실을 강조하고, 그 가능성 여부를 검토해 보았다. 제3편에서는 이를 베트남, 필리핀 등지로 확대하고 개인적인 사례들을 예거하여 문화적 보편성의 가능성과 한국 문화의 우위적 특수성을 실험할 수 있는 가능성에 대하여 언급하였다.

세 번째 저술은 『동아시아 문화 탐방』(박문사, 2015)이다. 1부 '한중일 문화 비교론'에서는 구체적으로 한중관계, 한일관계의 사례들을 들어 문화적 동이관계를 검토하였으며, 2부에서는 주로 우리 문화의 지소들을 중심으로 문화의 관련 양상을 비교 검토하였다. 3부는 주로 필자의 저술들을 통하여 한국 문화의 특수성을 점검하는 계기로 검토되었다. 끝으로 필자가 그동안 실제 답사하였던 조선통신사 연행사의 탐사 사진들을 수록하여 그간의 노력을 시각화하여 편집하였다.

이상의 글들은 그간 10여 년간 동아시아 문화 연구를 위하여 보여 준 시각화의 일부분으로, 앞으로 이것이 바탕이 되어 한국 문

임란 전진기지 '나고야성'(조선통신사의 발자취를 찾아서)

조선통신사의 자취를 따라: 혼렌지(가운데 신기수 선생)

조선통신사가 머물던 곳

홍경해 필의 '대조루' 조망

도모노우라 후쿠센지 '대조루'의 조망

화가 바람직한 동아시아 문화 형성에 어떠한 영향을 미칠 것인지 진지하게 고민해야 할 것이다.

문화란 하루 아침에 이루어지는 것이 아니다. 오랜 역사를 바탕으로 형성되고 소멸하는 것이며, 그 중 가장 바람직한 문화만이 살아남아 자국 문화, 민족 문화의 싹으로 자라나 이웃 문화와의 경쟁이 이루어지는 것이며, 그 혼합된 문화가 융합 소멸하면서 문화적 보편성이 이루어지고, 그 중에서도 보다 바람직한 민족 문화가 문화적 보편성 위에서 우위를 차지하고 개화할 수 있을 것이다.

한반도는 지리적으로 거대한 중국 대륙과 활시위처럼 둘러 싼 해양 일본의 가운데 자리에 위치하고 있다. 역사적으로도 대륙에서 침략해 온 몽고의 난과 일본이 침략한 임진왜란을 겪었다. 피해도 많았지만 적지 않은 문화 충격을 겪었던 것도 사실이다. 문화란 충격 없이 성장하기는 불가능하다. 이런 관점에서 보면 신라의 화랑정신이나 고려의 불교문화, 조선의 유교문화도 우리 고유문화의 충격소로 성장하였다고 볼 수 있으며, 민족의 수준 높은 고유문화 형성에 적지 않게 이바지하였다고 볼 수 있다.

필자는 지난 십여 년간 한중, 한일 간을 오가면서 십여 회에 걸친 한중, 한일 관계의 선상 세미나 혹은 대학에서의 특강을 통하여 동아시아 삼국의 문화적 관련 양상과 바람직한 문화 교류에 대하여 강의를 한 바 있다. 역사적으로 보더라도 오랜 동안 중국을 내왕했던 연행 사절과 일본을 내왕했던 통신사들을 통하여 상호 국 간의 문화를 가늠하고 교류해 왔음은 참으로 바람직한 현상들이었으며, 앞으로 삼국 간 우리 문화의 위상을 설정하는 데 적지 않은 도움이 되었으리라 생각할 수 있다. 민족의 고유문화는 결코 폐쇄적이거나 지나치게 보수적이어도 안 된다. 이웃 문화와 교류하는 가운데 문화적 우열에 따라 적절하게 수용해 우리 문화를 살찌우고 버릴 것은 과감하게 버릴 줄 아는 선택이 필요하다. 21세기를 지향하는 한국 문화는 동아시아를 지배할 만큼 강력한 문화적 아량과 역량을 가져야 하며, 또한 상대적인 객관성까지 확보하여야만 한다. 그러기 위해서는 일단 동아시아 문화적 보편성 확보에 앞장 서야 하며, 이를 바탕으로 한국의 고유문화가 그 보편성 위에 자리를 잡을 수 있도록 끊임없는 정성과 노력을 기울여야 할 것이다.

21세기 문명의 축은 세계 인구의 삼분의 일을 차지하고 있는 아시아로 점차 기울어 가고 있다. 그 중에서도 중심축이 되는 베이징, 서울, 도쿄는 거의 같은 위도 선상에 위치하고 있으며, 5천 만의 인구가 이곳에 집중되어 있다. 경제뿐 아니라 문화적 경쟁도 치열하다. 문화는 힘보다는 우열의 논리가 좌우한다. '上善若水'라는 용어는 문화적 논리에 적용되는 언어로, 위에서 아래로 흐르는 속성을 지니고 있다. 그러기 위해서는 일단 문화적 보편성이 형성되어야 한다. 이를 위해서는 많은 문화 충돌이 있을 수 있다. 이는 마치 물이 평형을 유지하는 논리라 할 수 있다. 평형을 위해서는 많은 교류와 소통, 이해와 양보가 필요하다. 일단 이러한 문화적 보편성이 형성되면 다시 문화적 특성과 우열의 경쟁이 시작된다. 이러한 경쟁에서 우위를 차지하는 자만이 문화적 보편성 위에서 특수성의 꽃을 피울 수 있을 것이다. 힘의 지배 논리가 아니라 문화적 특수성의 논리다. 지금 이를 위한 경쟁이 치열하다.

우리 문화가 그 보편성 위에 꽃피울 특수성을 확보하기 위해서는 지금부터 끊임없는 노력을 기울여야 할 것이다. 소위 베세토(BESETO) 벨트의 한가운데 위치한 한반도의 문화가 양 겨드랑이에 이웃 문화를 껴안고 동아시아, 더 나아가서는 세계 문화를 주도하는 위상을 확보하도록 모두가 새 출발을 다짐하여야 할 것이다.

한국학연구소 10년의 회고

필자가 연변과기대에 한국학연구소를 설립한 것은 2000년 11월 7일입니다. 15년 전의 일입니다. 당시만 해도 비교적 젊은 나이였으므로 의욕이 컸고 또 한국어과 여러 교수님들이 도와 주셨기에 연구소장으로서 보람된 일이었음을 회고합니다. 처음부터 계획했던 일은 중국 전역에서 한국어 교수들이 모여 해마다 세미나를 개최하고 그 결과물을 책으로 출판하는 일, 기관지를 해마다 발간하는 일, 동북 지역을 답사하여 그 성과물을 정리해 책으로 만드는 일 등이었습니다. 그 중 『중국에서의 한국어교육』은 그 결과물을 모두 7권으로 간행하였습니다.

『중국에서의 한국어교육』, 창간호(250면), 태학사, 2000.
『중국에서의 한국어교육』, 2호(600면), 태학사, 2001.
『중국에서의 한국어교육』, 3호(546면), 태학사, 2002.
『중국에서의 한국어교육』, 4호(674면), 태학사, 2003.
『중국에서의 한국어교육』, 5호(746면), 태학사, 2004.

『중국에서의 한국어교육』, 6호(726면), 태학사, 2005.
『중국에서의 한국어교육』, 7호(580면), 태학사, 2006.

그리고 기관지『한국학연구』는 학술발표회 총 8회 중 예산 관계로 세 권을 내는 데 그쳤습니다.

『한국학연구』, 창간호(330면), 태학사, 2001.
『한국학연구』, 2호(224면), 태학사, 2002.
『한국학연구』, 3호(240면), 태학사, 2004.

또 필자가 이곳을 떠난 후 답사 성과물을 개인적으로 네 권 출간하였습니다.

『동북문화기행』(270면), 집문당, 2002.
『한국문화의 동아시아적 탐색』(376면), 태학사, 2008.
『동아시아 문화교류론』(348면), 제이앤씨, 2011.
『동아시아 문화 탐방』(300면), 박문사, 2015.

돌이켜 보면 의욕만 앞서 출발했던 연구소가 제대로 이렇다 할 성과를 내지 못한 책임이 전적으로 연구소를 맡았던 본인에게 있었음을 실감하며, 초창기에 그나마 조그만 성과를 낼 수 있었던 것은 전적으로 연구소를 도와주신 한국어과 및 관련 교수님과 학

연변과기대의 겨울 풍경

한국학연구소 학술회의

필자 연구소의 동아시아학술회의(가운데 신용하 교수)

가을 단풍의 노령산맥을 넘으며(연변과기대 동료 교수와 함께)

생들이었음을 말씀드리고자 합니다.

　연구소장 직을 이미 해오고 계십니다마는, 한국어과가 다시 활기를 찾게 되었으니 양대언 교수님을 많이 도와주셔서 모쪼록 한국학연구소가 좋은 성과를 낼 수 있기를 바라 마지않습니다. 감사합니다.

나의 대학시절 수강기

동족 상잔의 6 · 25 전쟁을 갓 치르고 입학한 소위 53학번 입학생들에게는 대학 교수들의 강의(수업)가 적지 않은 관심사였다. 그러나 대부분은 강의 노트를 가지고 들어와 교수가 읽고 학생이 받아 적는 식의 전형적인 강의였다. 전쟁 직후인지라 마땅한 교재도 그리 출판된 것이 없던 터라 교과서를 선택할 경황조차 없던 시절이었기 때문이기도 하였다. 일부 교수들은 자신의 노트를 조금씩 덧보태서 다음, 또 다음 해에도 같은 방식을 되풀이하고 있었다. 그러나 교수들의 강의 방식에 누구 하나 이의를 제기하는 학생이 없었다. 당연히 그런 것으로 여기고 학점 따기에만 여념이 없었다.

그로부터 근 이십 년이 지나고 내가 교수가 된 무렵의 강의를 비교해 보면, 교수나 학생 상호 간에 많은 변화가 있었음을 실감하게 된다. 당시에는 교수가 결강을 하면 학생들이 모두 좋아했지만, 요즘은 결강을 하면 반드시 보충 수업을 해야만 하고 심지어 학기 말에는 학생들로부터 교수가 평가를 받는 것이 일반화되어 있다. 교수가 강의 준비를 안 해 갔다간 학생들의 따가운 눈총을 받는다. 이는 전반적인 대학 문화의 향상으로 바람직한 일이지만, 상대적으로 교수 학생 간의 끈끈한 정이 없어져버린 감도 느낄 때가 많다.

한편 필자의 학창 시절에는 청강도 많았다. 반드시 학점 때문이 아니라 어느 교수가 강의를 더 잘하는지에 따라, 또 본인의 개별 취향에 따라 강의실을 옮겨 다니던 추억도 새롭다. 필자는 대학 입학시험을 준비하기 위해 당시 대구에서 소위 다이아그램식 영어를 강의하던 양주동 선생의 강의를 몇 학기 들은 적이 있다. 아마 당시 양주동 선생의 영어 강의를 들은 사람들은 대학 입시에서 많은 도움을 받았을 것이다. 그러나 대학에 들어와서는 그분의 『고가 연구』나 『여요 전주』를 통해, 영문학을 전공했으면서도 우리 고전 문학에 박식한 것을 보고 자칭 국보라는 말에 아낌없는 찬사를 보낸 적이 있다. 대학에서도 그분의 특강을 몇 번 들은 적이 있는데, 이것이 계기가 되어 '무애 양주동의 문학 연구'(『양주동 연구』, 민음사)를 집필한 바 있으며, 평양 숭실의 교수였던 인연을 생각하며 그의 『문주 반생기』를 읽고 『숭실의 문학』을 집필하기도 하였다. 자칭 국보라고 하던 말이 허언이 아님을 깨닫게 되었다. 나중 심악 이숭녕 교수의 '향가 강의'도 들은 적이 있는데, 상당한 시간을 두고 양주동의 주장을 반박하는 모습을 보고, 양 교수의 날카로운 학문적 논쟁과 비난을 실감하기도 하였다.

국문학과에는 구자균, 조지훈, 김춘동 선생이 있어 그 무게를 잡아 주었다. 일오 구자균 교수는 경성제대 조선어문학과 출신으로 학과 창설의 주동 역할을 해주셨으며, 위 두 분을 모셔 온 장본인이기도 하다. 그러나 만년에는 줄담배에 막걸리를 너무 좋아하여 거의 중독이 되다시피 하였으며, 이것이 원인이 되어 일찍 세상을 떠나셨다. 그는 강의 시간에도 담배를 물고 계셨으며 강의 시간이 끝나자마자 곧장 학교 앞 제기동 술집으로 달려가, 그의 입에는 항상 술기운이 돌았다. 그는 대학 졸업논문이었다는 『조선평민문학사』와 『국문학논고』만 남기고, 미완성의 방대한 『한국문학의 근대화 과정』을 끝맺지 못한 채 세상을 떠났다.

운정 김춘동 선생은 한문학 강의 시간이 되면 그의 특유한 음성이 이웃 강의실까지 들릴 정도로 우렁찼으며 전형적인 지사, 선비 풍모를 가지신 분으로, 나중 대학원 강의 시간에는 자택에서 강의를 하셨다. 그 무렵 필자의 '省吾'라는 아호를 지어 주셨는데, 이는 '吾日三省吾身'의 논어 구절에서 따온 것으로, 선생은 항상 자신의 능력을 먼저 살필 줄 알아야 한다고 강조하신 바가 있었다. 그가 남기신 글은 나중 『云丁散藁』(고대민연, 1987)로 상재되었는데, 필자가 소장한 친필 영동 순력 시는 포함되지 않았다.

한편 조지훈 선생은 27세의 젊은 나이에 교수가 되었으며 48세

운정 김춘동 교수 문학비 제막

에 세상을 떠났으니, 불과 20년을 강단에 서셨다. 그분에게 들은 강의로는 '시론'과 '시문학 원론' 등 두어 과목이 생각나나, 그는 그의 데뷔작 〈승무〉나 〈고풍의상〉을 떠올리게 하는 시인이 아니라 당시의 시대적 지성을 주도했던 지식인이며, 특히 『한국 문화사 서설』 같은 것을 보면 우리 문화의 근원을 찾으려 했던 지성인이었음을 느끼게 한다. 그는 우리 문화를 중심으로 한 10여 권의 저술을 남겼고, 나중에 『조지훈 전집』(나남출판)과 함께, 그의 장남 조광렬이 『승무의 긴 여운 지조의 큰 울림』(나남, 2007)을 출간하기도 하였다. 근래 출간된 『풍수록』(김뇌진)에 의하면 그의 부친 조헌영과 장인 김성규, 사위 조지훈 간에 오간 한문 편지를 통하여 영양과 수촌 간에 내왕한 정신사를 읽어낼 수 있다.

여석기 교수는 내가 영문학과 강의를 들은 유일한 분으로, 그의 '20세기 희곡' 강의가 입담 좋은 그의 열정과 어울려 흥미롭게 들었던 기억이 새롭다. 이 강의가 인연이 되어 졸업 후 그가 이사로 있던 김천고등학교 교사로 추천받았던 일화도 떠오른다. 유일하게 C학점을 받았던 이종우 교수의 '철학개론'은 재미가 없었을 뿐더러 재수를 시도했으나 포기한 교양 과목이었다. 당시 우연히 양주동 교수를 만나 "고대에 손명현 밖에 더 있느냐."라는 농담을 듣고 손 교수의 강의를 도강하기도 했다. 그는 항상 누런 군복 셔츠에 헌 넥타이를 비스듬히 매고 들어와 인상 깊었는데, 나중에 오대산

1957년 고려대 국문과 졸업기념
조지훈 선생(우 다섯 번째), 구자균 선생(좌 다섯 번째), 김춘동 선생(좌 여섯 번째)

으로 학생들을 인솔하고 갔다가 폭우를 만나 오대천을 건너다 다섯 명의 학생들을 모두 떠내려 보내고, 그 일로 인한 충격으로 실성한 사람처럼 몇 해를 살다가 세상을 떠났다. 충격이 그의 삶을 송두리째 앗아간 사건으로 당시 소문이 자자하였다. 문화사 강의를 하던 김학엽 교수는 시간을 잘 지키기로 소문이 나 있었다. 그는 강의 시작 종이 울리기 전에 강의실 문밖에 와서 기다리다가 종을 땡 치면 곧장 강의실로 들어와 열강을 하고, 끝나는 종이 울리면 수업 도중에도 멈추고 나가던 철저한 시간 엄수주의자였다. 정재각 교수의 '동양사 개설'은 그분의 소탈한 모습에 끌려 강의를 들었는데, 훗날 동국대 총장이 되고는 학교 일로 출장을 가면 남는 돈을 그대로 학교에 다시 돌려주는 정직함으로 소문이 들리기도 하였다. 김진만 교수의 '영어 강독'은 항상 교탁에 기대거나 올라 앉아 작은 체구로 유창하게 강의하던 모습이 인상적이었는데, 꽤나 재미있는 강의였던 것으로 기억된다.

필자는 가끔 연세대학을 방문하여 김동욱 교수와 이가원 교수를 찾아 뵙기도 하였는데, 그 후 이 두 분이 단국대학에 몸담게 되었을 때, 그들의 학문 하는 스케일과 선비 정신을 전해 듣고 한때 학자로서의 사표로 우러렀던 기억도 새롭다. 특히 김동욱 교수와는 시비건립동호회도 함께 하였으며, 그분의 소장이었던 한적들을 정리해 주었던 일도 새롭다. 이가원 교수는 『省吾書屋』이란 현

DEC. 1978.

동국대 정재각 총장(가운데)과 함께

抽著 李家源全集과 題目錄索引

一襲 廿三冊을 贈呈하오니 써주시기를

한게 그지 없으나 笑領하시고 別幅

小利을 壽詩에 報什하여 주시기를

바랍니다. 句, 갈수지 笑覽하소서.

李家源 鞠躬

一九八九年 丙寅 歲著

판 글씨를 써 주었고, 김동욱 교수는 자필 서명을 한 도자기 필통을 내게 선물로 주기도 하였다.

대학 시절의 수강기를 일일이 서술하자면 지면이 부족할 정도로 차고 넘친다. 그러나 여기서는 그 대표적 사례만을 들어 서술하고, 지면 관계로 이만 줄이기로 한다.

〈壬辰錄〉의 유전 과정

〈임진록〉은 임진왜란의 역사 문학적 전승 기록물로, 필자의 역사 문학 연구의 기초를 다져 준 작품이기도 하다. 70년대부터 도서관, 고서점, 박물관, 개인 서재를 찾아다니며 많은 자료들을 수집하였다. 그 과정에서 역사 문학 연구의 단서로 소설 〈壬辰錄〉을 연구해 보아야겠다는 결론에 이르게 되었다. 〈壬辰錄〉의 이본류로 24종의 작품들을 일단 수집하였다. 그 내용과 갈래를 구분하기 위해서는 '이본' 연구가 필수적이었다. 당시만 해도 컴퓨터가 일반화되지 않던 시절이라 대형 캘린더의 이면에다 일단 내용별(사건별) 도표를 작성하였다.

필자가 수집한 작품은 1. 경판본(임진록) 2. 승전대본(필사본) 3. 국립도서관본(한문본) 4. 장서각본(한문본) 5. 백순재본(흑룡일기) 6. 이명선본(흑룡록) 7. 국립도서관본(국문본) 8. 연세대 도서관본 9. 경북대 도선관본 10. 이능우본(a) 11. 이능우본(b) 12. 이능우본(c) 13. 김동욱본 14. 고담 임진록(박노춘본) 15. 김완섭본(고려대) 16. 숭실대본(김양선) 17. 권영철본 18. 김기

동본 19. 러시아본 20. 고려대본(한문본) 21. 이명선본(한문본) 22. 소재영본 23. 선임록(소재영본) 24. 세창서관본(활자본) 등이 었다.

자료 수집, 독해에 근 삼년이 걸렸으며 플롯별 사방 일 미터가 넘는 도표가 완성되었다. 이것으로 국문본, 한문본의 차이, 줄거리의 갈래 표가 만들어졌다. 이 가운데 이능우 교수는 책을 빌려주지 않아 그의 연구실을 찾아가 꼬박 며칠에 걸쳐 복사 필사한 적도 있다.

특히 러시아본은 일본 쪽의 친구를 통해 입수하였으나 당시 금서로 지목되어 이리저리 감추어 두고 읽다가 결국 검열을 피해 폐기하기도 하였다.

이 무렵부터 이웃의 도움으로 역사문학, 문학 사회학에 대한 관심을 가지는 계기가 되었다. 필자가 창간한 『崇田語文學』(1972년, 창간호)에 〈임진록 연구〉를 처음 발표하였다. 그 후 필자가 박사학위 논문인 〈壬辰錄研究〉가 완성되었고, 이를 더 확대하여 『壬辰倭亂과 文學意識』(1980, 한국연구원)이 출간되었다. 필자의 이 저작물이 계기가 되어 북경대학의 韋旭昇 교수가 마침 방미하였다가 우연히 이학수 교수(Peter H. Lee) 댁에서 졸저를 발견하고 필자에게 자신도 이 분야를 연구하고 있는 사람이라는 사실을 알려오게 되었으며, 1979년 중국이 개방되기 전 초청을 받아 북경대학

을 처음 방문하여 위욱승 교수를 만나게 되었다. 그는 북한 자료
들을 수집하고 읽은 후『抗倭演義(임진록) 연구』(북경 문예출판사,
1986)라는 저술을 출간하기에 이른다.

이 책은 그 후 필자의 추천으로 〈『항왜연의 연구』간행을 즈음
하여〉라는 필자의 권두언을 붙여 한국에서 재 출간되기에 이른
다.(아세아문학사, 1990) 그 내용을 보면 위 교수는 북한에 전승
되던 국문본 〈壬辰錄〉을 한문으로 번역하고, 다시 한문본을 재정
리하는 형태를 취하였으며, 마지막 장에서는 〈임진록〉과 중국
의 〈삼국지연의〉를 비교하는 형태를 취하고 있다. 위욱승 교수는
젊은 시절 몇 해 동안 평양에 머물면서 김일성 종합대학 신구현
교수(경성제대 출신)의 지도로 북한에 전승되던 〈壬辰錄〉 수집에
상당한 관심을 보였다. 그는 중국으로 귀국하면서 〈임진록〉의 여
러 자료들을 수집하여 귀국하였는데, 그 가운데도 유독 문고판으
로 출간된 문순우 편 〈임진록〉을 여러 번 탐독하였다고 한다. 이
책은 원래 신구현 교수의 소장본으로 조악한 지질에 밑줄을 덕지
덕지 그은 낡은 문고본으로 신구현 교수에 이어 위욱승 교수가 받
아 간직하여 왔으며, 필자가 북경을 방문하였을 때 귀국의 선물로
이 신구현 소장본을 나에게 넘겨 준 것이다. 앞장을 펼치면 신구
현 소장 일자인 듯한 1964년 5월 10일의 날짜가 적혀 있으며, 위
교수가 신 교수에게서 기증받은 사실을 적은 1984년 6월 6일의

〈임진록〉의 표지

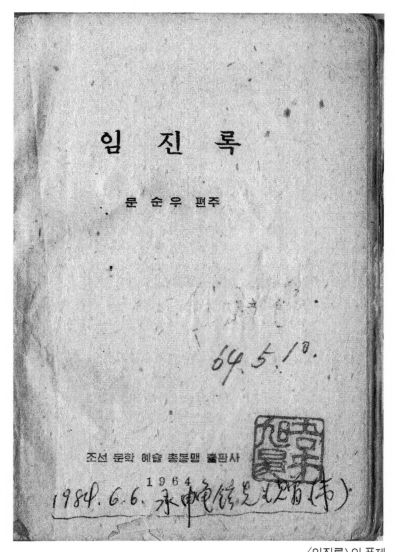

임 진 록

문 순 우 편주

64. 5. 1?.

조선 문학 예술 총동맹 출판사

1 9 6 4

1984. 6. 6. 永中龍은 以前(市)

〈임진록〉의 표제

날짜까지 적고 낙관이 되어 있다.

이 작은 문고본 하나가 김일성 대학에서 북경대학으로, 다시 한국의 연구자에게로 돌아온 사연을 생각할 때, 활자를 통한 지적 유전이 다사로운 체온을 필자에게 전하는 것 같아 이 책이 비록 하잘것 없지만 소중하게 간직하여야겠다는 생각을 갖게 된다. 이미 신구현, 위욱승 두 학자는 세상을 떠났지만 이 책을 대할 때마다 새삼 이어 받은 정을 실감하게 된다.

필자는 제자 장경남 교수와 함께 고려대 민족문화 연구소에서『한국 고전문학전집』(4)으로 〈壬辰錄〉을 역주하여 출간하였다.(1993) 여기에서 대표적 선본인 경판본, 국립도서관본, 권영철본을 텍스트로 하여 원문과 현대역을 대조하였는데, 이는 일반 독자와 학술 연구자를 동시에 배려한 편집이라 할 수 있다. 그 후 미국의 한국학자 이학수 교수는 〈임진록〉을 미국의 한국학 교재로 사용하기 위하여 이를 영문으로 번역하였는데, 『The Record of the Black Dragon Year』라고 타이틀을 달고 있다. 그는 이 영역본을 내기 전에 필자를 만나 텍스트를 이 민족문화 연구소의 경판본으로 한다고 상의한 바 있으며, 이 사실을 그의 권두언에서 밝힌 바 있다. 한편 〈임진록 설화의 연구〉를, 사명당의 항왜설화, 이여송의 원병설화, 김응서, 강홍립의 정일설화, 관운장의 음조설화, 최일경의 독전설화를 중심으로 일본의 『朝鮮學報』에 발표

하였더니 임진왜란의 당사자인 일본국에서도 다양한 관심이 되돌
아왔다.(『조선학보』 89집)

일본 동경대학의 內藤寯輔 교수는 『文祿·慶長役에 있어서의
被擄人의 硏究』(동경대학 출판회)라는 방대한 연구물을 남겨 임
진왜란을 학문적 차원에서 연구하여 많은 관심을 불러 일으키고
있다.

앞으로도 역사 문화적인 관점에서 더 많은 연구가 필요하다고
생각되며, 지리적으로 숙명적 이웃으로 자리한 한일 양국의 미래
지향적 연구 성과가 있기를 기대해 본다.

'豊年會' 유감

이화여대에 '백인회'라는 모임이 있었다. 정의숙 전 총장이 회장이고 유달영 선생이 부회장이셨던 각 분야 원로급 인사들의 정기모임이었다. 필자도 여기에 몇 해 간 참석한 일이 있는데, 매월 사회 원로급 강사들을 모셔 강연을 듣고, 강사료로는 이대에서 만든 도자기 한 점을 선물로 증정하고, 회비로 점심을 같이 하며 친목을 다지는 모임이었다. 매회 20여 분의 인사들이 모였던 것으로 기억된다.

고려대 국문학과를 졸업하고 대학 교수로 진출한 분들이 백여 명에 이른다는 말을 들었다. 여기에는 박사 학위를 고대에서 받은 사람들도 포함된다. 대학 총장도 홍일식(고려대), 박강수(배제대), 조기섭(효성여대), 차용주(서원대) 등 여러 분이 배출되었다. 필자가 기억하기로는 가장 오랜 역사를 지닌 원로 교수 모임이 '풍년회'가 아닌가 생각한다. 이 모임의 명칭은 인사동 풍년옥에서 자주 모였기 때문에 붙여졌는데, 이 촌스런 명칭의 모임이 40여 년이나 이어졌다. 원로급 교수와 교육계 종사자들의 모임으로, 점심을 먹으면서 우의를 다지고 지도자급 인사들을 초빙하여 강연도 듣고 의견을 교환하였다. 매회 20~30명의 회원들이 모이는데, 그간 교수 사회의 지성사 역할을 해 왔었다고 자부하고 싶다. 이 모임이 『고대교우회보』(1818. 7. 10.) 21면에 전면 수록되었기에 그 기사를 그대로 여기에 옮겨 본다.

풍년회는 고려대 국문학과 출신 선후배 교수들의 순수한 친목 모임이다. 연말이나 학기말, 회원의 총학장 취임 및 출판 등 경사가 있을 때 부정기적으로 연회비나 입회비 없이 모여왔다. 회칙도 마련되지 않은 채 회장도 사실 없이 소재영, 진동혁 교수가 그 일을 맡아 왔으며, 총무 일은 김종균 교수가 주로 봤다. 원래는 등산모임이었다.

매주 일요일, 또는 기회 있을 때마다 모여 서울 근처의 산을 올랐다. 풍년회라는 명칭을 갖게 된 것은 1986년 8월 17일 학기말 정기 모임에서였다. 진동혁 교수가 우리가 풍년옥에서 늘 만나니 모임의 명칭을 풍년회라 정하자고 제의하여 이에 모두 따랐다. 그래서 이름 없던 아이에게 이름을 붙여준 지 어언 32년이 되었다. 그러나 따지고 보면 등산모임까지 합하면 40년은 된다.

당시 모인 이는 소재영(53학번, 숭실대), 진동혁(54, 단국대), 홍일식(55, 고려대), 박용식(건국대), 정재호(고려대), 박강수(56, 배제대), 최강현(홍익대), 이기서(고려대), 유구상(한남대), 조세용(건국대), 박노준(한양대), 김기현(순천향대), 인권환(고려대), 김종균(58, 한국외대), 박을수(60, 순천향대), 이동환(고려대), 이연재(건국대) 등과 대학원 출신 김선풍(중앙대), 김중렬(군산대),

우쾌제(인천대) 등 선후배 10여 명이 가담해 모두 30여 명이 되었다.

우리 풍년회는 30여 년을 함께 지내오며 한 번도 다툼 없이 순리를 따라 즐기며 베풀고 화합하는 삶을 묵언 중에 실천해 왔다. 각자 자기 분야에 정진하여 옛 것을 배우고 새 것을 추구해 가는 학자 본연의 자세를 꾸준히 지켜 나갔다. 정년퇴직 후에도 화합과 봉사의 연구를 통해 사회에 기여해 왔다.

우리 모임은 지금까지 매월 셋째 주 화요일 1시에 인사동 '여자만'에서 만나 정담을 나누고 회식을 하였다. 첫째 모임의 장소가 인사동 풍년옥이었듯이 '여자만'은 우리의 두 번째 보금자리였다. 우리는 서울 근교 뿐 아니라 전국의 유명 유적지 관광지를 매달 형편이 되는 회원끼리 다녔다. 동두천의 기황후 묘, 광주 천진암, 강화도 교동, 파주의 자운서원, 군산 고군산 열도, 대부도, 영흥도, 임진강, 한탄강, 소양강, 춘천, 그리고 일박이일로 다녀온 남해와 강원 약수 순례는 인상적이었다.

한번은 남도 여행을 하였다. 섬진강을 따라 벚꽃을 보면서 쌍계사 일대 토지마을, 하동 화개장터를 지나 매실과 산수유로 유명한 산동 마을에서 만발한 벚꽃 길을 따라 올라가면 법왕리 지리산 반야봉 남쪽 기슭 동국 제일의 선원 칠불사, 보리암, 여수 앞바다 장사도 등을 즐겁게 여행하였다. 그리고 약수를 찾아 인제, 홍성, 양양, 평창 등지를 탐사하기도 하였다. 숙소였던 뚝밭소의 진동계곡 조침령, 구룡령, 운두령 등 높고 험한 고개를 넘으며 우리는 차 안에서 무진장 토론도 하였다. 우리는 많은 곳을 탐방하였고 즐겼다. 나는 특히 영흥도 바닷가에서 모래사장을 밟으며 석양을 바라보고 거닐던 일, 대부도 가을 포도를 먹으며 그곳 사람들과 정담을 나누던 것이 좋았다.

우리 풍년회는 한 마디로 화락하고, 베풀며, 건강하게 살아가는 조그만 모임이다. 그동안 함께 한 진동혁, 김기현, 박용식, 정재호, 인권환 회원과 김민수, 정규복 은사님의 명복을 삼가 빈다. 아울러 처음부터 끝까지 하루도 빠짐없이 회를 이끌어 온 소재영 회원님께 고마움을 표한다. 비록 2018년 6월 19일로 모임은 끝났지만, 물같이 바람같이 흐르고 불고 자라며 모두 아름답게 살아가길 바란다. 함께 삶의 즐거움을 추억하며 이 글을 마친다.

(김종균)

識小錄

나의 유년 시절

내가 성장한 곳은 경북 선산군의 오지였던 도개면 청산동이다. 일찍이 김굉필의 제자였던 신당 정붕(鄭鵬)과 경상좌병사였던 송당 박영(朴英)의 이른바 '청산문답'으로 이름난 청산과 냉산의 깊은 산간 오지에서 부 소경렬과 모 청도 김씨 사이에서 차남으로 태어났다. 그러나 만 3세에 접어들면서 돌연 어머니가 세상을 떠났다. 나는 어머니의 얼굴을 기억 못한다. 그러므로 나는 할머니(함창 김씨)의 손에서 자랄 수 밖에 없었다. 어려서부터 내가 성장하면 할머니의 은혜에 꼭 보답하겠다는 마음을 가졌지만, 내가 성년이 되자 할머니는 이미 세상을 떠난 뒤였다. 내 유년 시절에는 비록 산촌 마을이었지만 중농은 되었던 것으로 생각된다. 농사철에는 머슴이 있어 한 해 농사가 끝나면 할아버지께서 머슴의 사경을 챙겨 주던 모습을 기억하기 때문이다. 아버지께서도 할머니의 성화로 이웃 比安(군위군) 보통학교를 졸업하고 대구로 나가 계성중학교(당시 6년제)를 졸업하였다(1926). 나중에 계명대학교를 창립한 신태식 이사장과 동창이었다고 한다.

어릴 적에는 내 시골집 골목길을 조금만 걸어 나가면 청화산에서 발원한 훌륭한 개울물이 있어 틈만 나면 할머니 손에 이끌려 그곳에 나와 멱을 감곤 하였으며, 여름밤이면 냇가에 앉아 맑은 하늘의 은하수를 쳐다보며 별을 헤던 추억을 쌓아 가곤 하였는데, 이것이 아마도 훗날 설화 소설 등 국문학을 전공하는 계기가 되어 주지 않았는가 가끔 생각하곤 한다.

내 집에서 초등학교까지는 근 30리나 되는 엄청나게 먼 거리일 뿐 아니라 험한 청화산 고개를 여러 번 넘어야만 하였다. 할머니는 어린 손자를 위해 매일 새벽밥을 지어야만 했다. 아침 어둠이 채 가시기도 전에 일어나 미처 마르지도 않은 소나무 가지를 태우며 눈물을 흘리던 그 모습이 지금도 눈에 선하다. 어두운 새벽 공기를 마시며 새벽길을 떠났지만 제 시간에 학교에 도착하기란 여간 어려운 일이 아니었다. 학교를 파하는 시간 때문에 늦게 집에 돌아올 때면 개오지나 멧돼지가 길을 가로막고 있을 때가 있어 그 방어책으로 늘 성냥을 가지고 다녔다. 불을 켜면 짐승이 도망가기 때문이다. 당시에는 '후라시'(플래시)라는 손전등도 없을 때였다.

내가 다니던 도개국민학교는 일찍이 불교가 신라에 처음 들어올 당시 아도화상이 몰래 숨어 살던 모래장자의 집이 있던 곳으로 유명한 도개동에 있었으며, 아도화상이 이곳에서 영험한 꿈을 꾸고 찾았다는 냉산의 도리사를 창건하면서 신라 전역에 불교가 전

부친의 포항영흥학교 교사 시절
(뒷줄 왼쪽에서 다섯 번째)

부모님 삼형제 내외분의 담소

파된 것으로 역사는 기록하고 있다. 그 유서 깊은 도리사가 박정희 시절을 지나면서 지금은 산 정상까지 차량이 드나드는 불교 성지로 자리잡고 있다. 도개동에는 그 후 모래장자의 집과 당시의 우물 등 유적이 복원되어 아도화상의 사적과 더불어 그곳이 유서 깊은 고장임을 말해주고 있다. 그 후 고학년이 되면서는 아버지가 도개면에 직장을 잡으면서 우리 가족이 신림동, 궁기동으로 이사했기 때문에 궁기초등학교, 구천초등학교로 옮기기도 하였는데, 어릴 적 들었던 옛 선비들의 '냉산문답'(청산문답)이 더욱 고향의 향수를 자아내기에 이르렀다. 그로부터 오랜 세월이 지난 후 모산 심재완 교수의 명필로 쓴 '靑山問答 志在不朽'의 편액이 내 서재에 걸려 옛날을 회억케 하고 있다.

  필자는 낙동강을 바로 이웃해 살면서 홍수가 지면 집이 떠내려가고 소와 돼지 등의 가축은 물론 수박, 호박, 참외 등의 농산물과 사람뿐 아니라 지붕 위 큰 구렁이에 이르기까지 떠내려 오는 강물 구경하기가 한때 어린 시절의 '큰물 보기' 추억으로 남아 있는데, 지금도 당시의 광경을 아른한 추억으로 되새기곤 한다. 어릴 적 낙동강이 범람하던 큰물 구경은 참으로 재미있는 풍경이었다.

  그 후 박정희가 대통령이 된 후 그 아래 쪽에 선산읍으로 건너가는 큰 다리가 놓이고, 구미면이 구미읍, 구미 공단으로 바뀌면서 선산(일선)이라는 유서 깊은 이름이 점차 사라지기에 이르렀다.

나의 중고교 시절

초등학교를 졸업한 후에는 아버지가 직장을 안계 수리조합 이사로 옮기면서 집을 의성군 안계면 용기동으로 이사하게 되었는데, 바로 옆에 안계중학교가 있어 그곳에 입학하게 되었다. 그때만 해도 집안 형편이 괜찮은 편이어서 새로이 집을 짓고 사랑방에는 중학교에 새로 부임한 선생님들이 세 들어 살았던 것으로 기억된다. 나보다 세 살 위였던 형님이 계셨는데(재근) 그는 나보다 2년 먼저 중학을 졸업하고 안동사범학교를 나와 일찍 고향인 청산초등학교 선생이 되었으며, 그 학교에서 오랜 봉직 끝에 주벽으로 일찍 세상을 떠나고, 형수님이 어린 아이들을 기르느라 많은 고생을 한 것으로 알고 있다.

필자의 중학교 시절은 친구도 많았고 나름대로 공부도 열심히 하여 우등상을 받기도 하였다. 동급생 중 이장현은 그 후 계성고를 나와 일찍 미국으로 건너가 사회학을 전공하고 귀국 후 이화여대 교수가 되었으며, 도시범죄학이 전공이어서 서울 시경에서 강력 범죄가 발생하면 자문으로 자주 불려 다니곤 하였는데, 홍익대 사회학과로 옮긴 뒤 건강과 가정사로 어려움을 겪다가 일찍 세상을 떠났다. 정의준은 정의사의 조카로 이북에서 피란을 나와 함께 학교를 다녔고 대학도 고려대를 함께 다닌 학우였으나 만년에 여주에서 양계를 하다가 병을 얻어 일찍 세상을 떠나 친한 친구였지만 만년을 함께하지 못하였다. 김영생은 6 · 25 참전 용사로 상이군인이 되어 우연히 광산을 인수받아 큰 돈을 벌었으며 국회의원을 두 번 지내기도 하였는데 그 역시 단명하여 세상을 떠났다. 동아대학을 나온 장흥대는 장교로 입대하여 육군 대위로 제대하였는데 우연히 서울에서 만나 지금까지도 자주 만남을 이어가고 있다. 이렇게 일일이 예거하자면 끝이 없다.

필자가 중학을 졸업한 후 대구공고 기계과로 옮기게 된 데에는 당시 내 외갓집 친척이었던 김홍복의 권유가 크게 영향을 미쳤다. 그러나 나는 그 전공 학과에 크게 흥미를 느끼지 못하고 우리 고전과 문학 공부에 더 관심을 가졌으며, 훗날 엉뚱하게 국문학을 전공하여 교수가 되는 단초를 마련하게 되었다. 동기생 가운데 많은 사람들이 공대로 진학하였으나, 전두환 대통령과 가까웠던 권오택 시인은 그 후 대구대학의 교수가 되었으며, 남규창은 대구사대 졸업 후 안동대학 총장이 되었고, 이병하는 의대를 마치고 의사가 되었고, 여일균은 일약 재벌로 명성을 날렸다. 나중에 대학에서도 은사로 만나게 된 김치규(김종길) 교수는 필자가 고3 때 고대 대학원을 다니면서 대구공고에서 강사로 고3 영어를 가르쳤는데, 당시 내셔널 영어책을 달달 외우고 책을 안 가지고 들어와 암기력을 자랑하던 기억이 지금도 새롭다. 대학에서 은사로 다시 만났지만, 세월이 흘러 그마저 세상을 떠났다. 필자는 계성중학교에서 국어를 가르치던 박목월 선생, 체육을 가르치던 신도환 선생도 우연한 기회에 만난 적이 있는데, 박목월은 그 후 한양대 교수로 신도환은 국회의원으로 자리를 옮기게 된 것으로 알고 있다. 당시 대구공고와 대구농림에는 성격이 거친 사람들이 많았다. 필자같은 시골뜨기가 그 거친 환경 속에서 공부하고 생활하는 데 어려움도 많았으나 지금은 그래도 하나의 아련한 추억으로 남아 있다.

고등학교 때에는 기독교 기관인 육영학사(소동렬 운영)에서 사뭇 생활하였다. 고대 선배였던 이관옥 교수, 동기였던 영문학 전공의 이동우, 경제학 전공의 여성원, 법학 전공의 양영모가 있었다. 대학의 절친한 동기였던 양영모는 사후 아들이 특수학교인 간디학교를 창설하여 명성을 떨쳤고, 이동우는 미국으로 건너가 많은 재산을 모으고 사후 모교에 많은 유산을 기증하였다는 기사를 동문회보를 통해 읽은 적이 있다. 당시 함께 있었던 정만득은 계명대학 부총장을 지냈으며, 한완상은 부총리가, 권규식은 경북대 사회학과 교수가, 김경동은 서울대 사회학과 저명 교수가 되었다.

주말이면 시골에 계신 할머니를 뵙는 게 내 유일한 낙이었는데,

원대의 자갈마당으로 나와 트럭을 빌려 타고 시골에 돌아 가면 추운 겨울날 할머니가 소중하게 벽장에 감춰 둔 감홍시를 꺼내주던 아련한 추억이 지금도 새삼 기억에 남는다.

나의 대학 시절

　동족상잔의 6 · 25 사변을 겪은 직후이던 당시에는 대학들도 모두 대구, 부산 등지에 피란을 나와 임시 개교하고 있던 터라, 어느 곳에나 불법도 많고 예외도 많았다. 그 무렵 고려대학교도 대구의 원대 지역에 땅을 얻어 가건물을 짓고 임시 개교하고 있을 무렵이었다. 당시 대구공고를 졸업한 학생들은 서울공대 등 공과 계통에 많이 지원하였으나, 필자는 이미 문과계통을 결정한 후였으므로 경북대 사대를 지망할까 아니면 피란 나와 있는 고대를 지망할까 망설이다가 친구들의 권유로 고려대학교 국어국문학과에 지망하기로 결정하였다. 그 이면에는 수복이 되면 고향을 떠나 서울 생활을 할 수 있다는 은근한 기대감도 작용하였던 것 같다. 53학번의 동급생은 보결생을 포함해 40명 정도였던 것으로 기억되지만 훗날 졸업자 명단에는 고작 20명 뿐이었다. 전후인지라 수복 이후 서울에서 만난 인원은 고작 30여 명, 그 중 거의 절반 가량이 도중 탈락한 상태였다. 비가 오면 비가 새고 눈이 오면 찬 바람이 몰아치는 가 교사였지만 대학 강의가 신기하기만 했고 자랑스럽기도 하였다. 교수들도 당시에는 생활이 힘들어 고대 강의 외에 심지어 고등학교 강의까지 몰래 맡는 바람에 휴강도 많았고, 교재도 변변한 것이 없이 강의 노트 하나에 의지해 강의하던 모습이 지금도 생생하게 기억된다. 당시 국어국문학과의 학과장은 경성제대 조선어문학과 출신의 구자균 교수였던 것으로 기억되는데, 이 분은 나의 대학원 지도교수였으며, 수복 후에는 대구사범 출신의 박성의 교수가 그 뒤를 이었다. 당시 박정희 대통령은 왕학수 교수, 박성의 교수와 대구사범의 동기였으며, 두 사람이 교수가 된 이후에도 박정희 대통령과는 자주 연락이 있었던 것으로 기억된다.

피란 생활을 끝내고 서울로 수복한 뒤에도 고려대학은 곧장 안암 캠퍼스로 들어가지 못하고 계동의 중앙고등학교 교사를 빌어 몇 학기를 보낸 적이 있다. 당시에는 같은 교사 안에 경찰전문학교가 들어와 있었으므로, 여유가 있는 사람은 등록금을 내고 경찰전문 과정을 이수하여 두 개의 졸업장을 가지고 사회에 나가, 당시 경찰 고위직에는 고대 출신들이 많았다는 풍문까지 있었다. 또 의학에 관심을 가진 사람들은 당시 돈암동에 있던 한의대를 동시에 수료하고 한의사 자격증까지 획득하는 사람들이 있었다.

필자는 학교가 서울로 수복하였으나 서울에는 연고자가 없었으므로, 친구 두세 사람이 신당동에 일본 사람들이 해방 후 떠나고 비어 있는 한 적산 가옥을 무단 점거하여 자취를 하기 시작하였으나, 얼마 후 퇴출령을 받아 쫓겨나기에 이르렀다. 그러던 중 마침 묵정동에 김봉삼 목사가 경영하던 세계대학봉사회라는 기관이 생겨 일정 절차를 거쳐 그곳에 입사하게 되었다. 이곳에는 당시 영호남 지역에서 모인 약 60여 명의 학생들이 함께 기거하였는데, 이들이 나중 대학을 졸업하고는 각 교육기관의 요직을 담당하기도 하였다. 여기에서는 문교부장관도 나왔고, 정계의 유수한 인물들도 배출되었다. 필자와 가장 가까웠던 친구로는 나중에 계명대학 부총장을 지낸 정만득, 경북대 사회학과의 권규식, 서울대 사회학과의 최석동, 노계현(창원대 총장) 등이 있다. 고려대 친구로는 양영모 은행장(아들이 간디학교 설립), 이동우(도미 후 재벌이 되어 유산을 고대에 기증), 여성원(한전 간부) 등 여러 사람들이 있다. 비록 가정 사정 때문이기도 하였으나 당시 여러 대학에서 모인 지방의 인재 집결소였던 대학봉사회 공동체 생활은 참으로 추억에 남는 학창시절의 한때였다.

당시 국어국문학과에는 구자균, 조지훈, 김춘동, 김민수, 박성의, 정한숙, 박병채, 송민호 교수가 있었는데, 대학 동기 세 사람이 함께 교수가 되면서 과를 지탄하는 언론도 있었다. 필자가 대학을 졸업한 후 결혼을 할 때는 구자균 교수를 주례로 모셨다. 구교수는 이를 마다하지 않고 당시 하루가 소요되던 먼 안동까지 사모님과 어린 막내 아들을 데리고 내려와 주례를 해 주셨다. 당시만 해도 중앙선 열차는 불편하기 짝이 없어서 꼬박 하루가 걸렸는데, 특히 치악산의 긴 똬리 굴을 지나고 창문을 열면 승객들의 얼굴이 모두 까맣게 변해 있어 승무원들이 물수건을 하나씩 주어 닦게 했던 기억이 새롭다. 동기생 중 가장 일찍 수도여자사범대학에 교수가 되었던 친구 박종화는 동기들의 부러움을 샀으나, 교내의 사소한 일로 학교를 그만 두었다는 소식을 들었는데 그 후 생사를 알 길이 없다. 또 강릉교대에 일찍 취업한 서정국은 수석을 좋아하여 대관령에서 수석 운반을 하다가 남대천 격류에 휩쓸려 죽음을 당하였다. 또 최돈은은 일찍 강릉 영동여상에 교장이 되었으나 당뇨로 일찍 세상을 떠나고, 이들과 함께 영동 지역을 답사하던 운정 선생의 추모 한시 몇 수만이 우연히 내 손에 남겨져 있다. 이종석은 졸업 후 중앙일보 미술부장이 되어 삼성 이병철 회장의 골동 서화 수집에 큰 공을 세웠으나, 그마저 일찍 세상을 떠났다. 고향 친구였던 정의준도 만년에 양계를 하다가 병을 얻어 세상을 떠났다. 국문학과에는 당시 여학생이 일곱 사람(졸업은 3명)이나 있었던 것으로 기억하는데 지금은 모두 할머니가 되어 만나기 힘들다. 53학번 우리들이 당시 학과에서 주동이 되어 『국문학』이란 학술잡지를 만들었는데, 이것이 그 후 횟수를 거듭해 가다가 『어문논집』으로 개제되어 오늘에까지 이르고 있다.

결혼사진(가족들과 함께)

결혼사진(주례 구자균 교수, 안동에서)

필자는 국문학과의 과목보다 오히려 영문학 강의를 많이 들었다, 여석기 선생의 희곡 강의는 매우 인기였는데, 이것이 인연이 되어 필자가 졸업 후 여석기 선생이 이사로 계셨던, 최송설당이 창설한 김천고등학교에 취직을 하기도 하였다. 필자가 학교에 다니던 한 때 교문 좌측에는 나중의 일신사 회장이, 우측에는 민영빈 선배가 고서적을 판매하고 있었다. 민영빈은 나중에 시사영어사 와이비엠의 대재벌 회장이 되었는데, 나보다 2년 선배였으며 재학 시절에는 기독교 학생회를 이끌고 있어 필자도 회원으로 그와 친분을 쌓았다. 만약 민 회장이 교수가 되었더라면 오늘과 같은 재벌이 될 수는 없었을텐데, 근래 그분의 서거 소식을 듣고 재학 당시를 회억하게 된다. 필자는 대학 입시 준비를 하면서 대구에서 당시 학원에서 명강사로 알려져 있던 양주동 선생의 강의를 일년 간 들었다. 이른바 다이아그램식 강의였다. 이것이 계기가 되어 그 후 대학 생활에서도 영어에는 큰 애로를 느끼지 못하였던 것 같다.

나의 교사, 교수 시절

필자는 1953년에 학부를 졸업한 후 대학원 석사 과정에 입학하였는데, 그 후 곧바로 군에 입대하였다가 1964년에 〈삼국유사 설화 연구〉로 석사 학위를 받았다. 당시의 대학원장은 채관석 교수, 총장은 유진오 박사였다. 직장 관계로 박사 과정을 계속 미루어 오다가 늦게 입학하여 1980년에야 겨우 〈임진록 연구〉로 박사 학위를 수득하였는데, 당시 대학원장은 김창환 교수, 총장은 김상협 박사였다.

당시에는 학부를 졸업하고 취직하기가 매우 힘들던 시기여서, 일단 석사 시험에 합격하고는 군대 문제를 우선적으로 해결해야만 하였다. 징집을 기다리지 않고 자진 입대하는 방법을 선택하였다. 훈련을 마치고 전주의 50사단에 배치받게 되었다. 당시의 사단장은 혁명 주체 세력이었던 한웅진 소장이었다. 예비 사단이었으므로 훈련은 그리 고되지 않았으며 인사과에 배속받아 비록 사병이지만 인사 문제에 관여할 수 있었는데, 이는 훈련병 후기에 인사 행정 특기를 취득하였기 때문이기도 하다. 당시 성적이 우수한 행정 사병은 따로 선발하여 미국 유학 길에 오르게 하였는데, 유학에서 돌아오면 에스티 군번을 받아 평생 군대 생활을 해야 한다고 하여 기피하는 현상이 심하였다. 필자는 운좋게 유학 대열에서 탈락할 수 있었다. 입대 당시는 일반병으로 입대하였으나 중도에 학도병으로 군번을 고쳐 받을 수 있어, 만 2년여 만에 일등병으로 제대를 할 수가 있었다. 삼년 만기에 그나마 행운이었다.

제대는 하였으나 막상 갈 곳이 없어 막막하였다. 그러던 차에 마침 최현배 선생 아들이 경영하던 정음출판사에 입사하게 되었다. 당시 정음사는 세계 문학전집을 출판하고 있었는데, 편집장 박대희 선생과 여성 직원 한 사람이 기획에서 교정에 이르기까지 그곳을 그만두는 날까지 이 작업을 도맡아 했던 기억이 새롭다. 당시 필자는 『삼국지』 등을 처음 통독할 수 있었고, 『삼국지』에 출현하는 인물들을 모아 권말에 인덱스 작업까지 하여 독자들에게 봉사했던 기억이 새삼스럽다. 그때는 정비석의 『자유부인』이 인기가 있어서, 필자가 아직 결혼하기 전이라 정음사에서 숙식을 하고 있을 때였는데, 새벽부터 『자유부인』을 사러 오는 행렬이 장사진을 치고 있어 당시 정비석의 인기를 실감할 수 있었다. 윤동주의 초판 시집도 정음사가 출판하여 서가에 많이 꽂혀 있었는데, 근래이 책이 경매에서 5백만 원인가에 팔렸다는 소문을 듣고 아쉽기도 하였다.

정음사 생활도 일 년 남짓 지나고, 하루는 우연히 여석기 교수님을 만나 근황 이야기를 나누다가 마침 자신이 이사직으로 있는 최송설당의 김천고등학교에 국어 교사 의뢰가 왔다면서 그곳으로 가기를 권유 받았다. 당시 김천고는 경북의 명문으로 서울대에 십여 명을 보낼 정도로 이름이 나 있었다. 그로부터 며칠 후 김천고등학교에 약관 스물 여섯인가의 젊은 나이로 부임하였다. 당시 성옥환 교장은 전장억, 배병창 등의 노련한 국어 교사가 있었음에도 필자에게 고3 담임과 국어 수업을 맡겼다. 첫 수업 시간에 출석부를 들고 강의에 들어가니 선생보다 덩치가 더 큰 학생들이 교실 가득 앉아 있었고, 이미 결혼을 한 학생이 수두룩하였다. 첫 수업부터 학생들에게 여러 시험을 당했으나 그래도 그 시간을 무사히 넘길 수 있었던 것은 행운이었다. 그때만 해도 대부분 경북대 출신이고 서울의 고려대 출신은 처음이어서 학생들이 먼저 인정을 해준 것이 아닌가 생각하였다. 불안한 첫 시간을 무사히 넘겼다.

앞서 김천고등학교에 내려오기 전에 서울의 같은 고려중앙학원 재단의 중앙중학교에서 국어교사의 면접을 본 적이 있었다. 당시의 중앙중고는 서울에서도 대우가 가장 좋은 명문이었으므로 모두가 선망하는 학교이기도 하였다. 당시 중앙학원의 교장은 고등학교 수학교과서를 저작해 알려진 심형필 선생이었는데, 면접날 교장실을 찾아 가니 동기생으로 풍문고등학교에 재직하고 있던

박사학위 수여식(우측 김상협 총장)

임광 선생이 이력서를 내고 그곳에 와 앉아 있었다. 교장실에서 우연히 만나 인사를 나눈 후, 내가 먼저 심 교장께 임 선생이 이미 경력을 갖추었으니 먼저 채용해 달라고 간청하였다. 그랬더니 심 교장이 깜짝 놀라면서, 취직하러 와서 양보하는 사람은 처음 보았다고 껄껄 웃었다.

그 후 임 선생이 먼저 채용이 되었는데, 그로부터 두 학기가 지나고 서울의 심 교장에게서 전보 한 통을 받았다. 자리가 하나 났으니 급히 상경하라는 것이었다. 나는 김하룡 교수를 통해 김상협 총장의 추천 명함을 받아 들고 동아일보 김상만 회장을 찾아가, 두 분의 추천장을 함께 들고 심 교장을 찾아 뵈었다. 그랬더니 심 교장의 첫 말씀이, 작년에 직장을 양보하던 그 일이 생각 나 국어 선생의 자리가 비자 곧장 나에게 직접 전보를 쳤다는 것이었다.

그 후 나는 중앙학원에서 심 교장의 은덕을 생각하면서 그분에게 누가 되지 않게 몇 해를 정성스레 근무하였다. 생각하면 내 생애의 한 꿈같은 일이었다. 내가 취직한 배후에는 김상협 총장님, 김상만 회장님의 은혜도 있었지마는, 나를 인격적으로 감동시켜 준 심형필 교장의 은혜를 잊을 수가 없다. 학교를 떠난 후 옛날의 은혜를 잊지 못해 심 교장을 찾았으나, 그분은 이미 세상을 떠난 뒤여서 아쉬움만 남게 되었다.

필자가 중앙학교에서 근무한 것은 60년대 초반 삼 년여에 불과하다. 그 후 대학에 출강하게 되자 강의를 그만두거나 전임 교사 직을 선택하라는 것이었다. 중앙학교에서 정년을 했더라면 나는 아주 여유로운 생활을 영위할 수 있었을 것이다. 그러나 당시에는 젊은 용기 하나로 용감하게 안정된 직장을 박차고 대학 강사라는 불안전한 고생길로 접어들어 무려 7년 간의 강사 생활을 전전하다 겨우 숭전대학의 대전 캠퍼스에 전임으로 정착할 수 있었다. 참으로 모진 세월이었다. 중앙학교를 떠난 뒤 고려대, 한국외대, 경희대, 성신여대, 가톨릭대 등을 전전하며 강사 생활을 하다 보니 생활이 말이 아니었다. 하는 수 없어 한영고등학교 야간부에 다시 전임으로 취업을 하여 몇 년을 버티었다.

처음에 계동길 한옥 문간방을 빌어 신혼 생활을 시작했던 달콤한 꿈도 아이가 하나 둘 늘어나면서 산산이 깨어지고 말았다. 『삼국유사』에 기록된 승려 조신의 꿈처럼 현실은 결코 만만치 않았다. 한번은 이런 일도 있었다. 한국 외대에서 교양 국어를 여러 해 강의하였는데, 한 나이 든 중문과 학생이 출석부의 자기 이름을 안 불러 줄 수 없겠느냐고 사정해 왔다. 나중 알고 보니 육영수 여사의 동생인 육예수 씨였는데, 늦게 중국어를 배우느라 매우 쑥스러워 하였다. 남편은 5·16재단 조태호 총재였다. 당시 시간 강사였던 내 모습이 처량해 보였는지 이후 명절이 되면 운전사를 시켜 쌀 한 가마씩을 우리집에 보내주곤 하였다. 한번은 쿠엔카오키 등 월남 대통령과 총리가 한국을 방문하여 세종문화회관에서 환영 음악회를 개최한다고 하여 초청장 2매를 보내 주었다. 나는 영문도 모르고 아내와 함께 참석하였는데, 우리 내외 자리가 바로 국무총리 뒷자리여서 음악회 내내 편치 않았다. 음악회가 끝나고 퇴장할 때도 순서에 따라 나가라고 하였는데, 우리 자리가 국무총리와 파월 사령관, 채명신 장군 사이여서 허겁지겁 쑥스럽게 빠져나오기에 바빴다. 참으로 분에 맞지 않는 가시 방석의 음악회 자리였다.

필자가 숭전대학 대전 캠퍼스에 부임한 해는 대전대학과 숭실대학이 통합한 첫 해인 1970년이었다. 총무처장이 아직 교수실과 집기가 미처 준비돼 있지 않으니 한 주일만 다른 교수와 함께 있어 달라는 것이었다. 그곳은 기독교 교육과가 국문과로 바뀌어 2학년이 전부였으며, 학과의 교수는 황희영, 윤홍로, 박요순 세 분이 전부였다. 미처 대전으로 이사를 하지 못하였는데, 이듬해인가 대전에 내려와 있는 사이에 서울 휘경동의 내 집에 대홍수로 물이 들어 건넌방에 가득했던 책들이 모두 침수가 되어 쓰지 못하게 되고 말았다. 당시 대전의 인구는 30만에 불과하였는데 오늘날은 백 만이 넘는 도시로 발전하였다.

대전에 정착한 후 73년으로 기억되는데, 서울에서 대전 선화동으로 이사를 하였다. 가장 어려운 건 식수난이었다. 아직 대청호

창덕궁 주합루에서

가 없던 때라 한밤중이면 일어나 수돗물을 받아야만 했다. 왜 그리 좀도둑은 많았던지 간장 된장은 물론 문을 열고 거실로 들어와 쌀을 가져가곤 하였다. 귀중품은 없기도 하려니와 도둑의 대상물이 아니었다. 이전의 대전대학은 원래 선교사가 세운 학교였는데, 숭전대학으로 통합된 이후의 초대 총장은 당시 경제부총리였던 이한빈 박사였다. 이 총장은 서울과 대전을 오가며 대학의 통합 발전을 위하여 많은 노력을 하였을 뿐 아니라 당시 기독교 대학이던 서울여대, 계명대, 숭실대를 멀티 캠퍼스로 묶을 구체적 실현 방안까지 추진하였으나 결국 그 뜻을 이루지 못하였다.

당시의 국문학과 학생회장은 우쾌제였는데, 나중 고려대에서 석박사를 이수하고 학위를 받은 후 인천대학의 교수가 되어 거기서 정년을 하고 지금은 필리핀에 선교사로 파견되어 교수생활을 겸하고 있다. 윤홍로 교수는 그 후 단국대학으로 옮겨와 대학 총장을 지냈으며, 박요순 교수와 황희영 교수는 대학을 위해 많은 업적을 남기고 일찍 세상을 떠났다. 필자가 그곳에서 시작한 것은 『崇田語文學』(창간호, 1972)의 간행과 답사 문화의 정착이었다.

당시 그곳에서 배출한 졸업생 교수로는 우쾌제(인천대), 민영대(한남대), 이내종(대구한의대), 이은봉(광주대), 박충규(일본대), 박영환, 신익호, 마성식(한남대), 김동언(강남대) 등이 있는데, 이들마저 거의 정년퇴직이 가까웠을 것으로 생각된다. 필자는 대전에 있는 동안 석학 지헌영 선생을 자주 찾아 뵙고 많은 가르침을 받았다. 그분은 만년 세상을 떠나기 전까지 국학자들의 업적을 일일이 평가하고 심지어 신문 잡지에 이르기까지 주변에 쌓아 두고 학술 정보들을 항상 꿰뚫고 계셨다. 그의 『鄕歌 麗謠 新釋』은 지금도 고전으로 많이 회자되고 있다.

필자가 서울 캠퍼스로 옮겨 온 것은 1975년경으로 생각된다. 그러나 서울에는 그때까지 국문학과가 없어 학과의 신설을 책임 맡고 서류 뭉치를 들고 당시의 문교부를 여러 차례 드나들었다. 그동안은 다형 김현승 교수와 함께 교양국어만을 맡아 왔으며, 김현승 선생도 전공 강의를 위해 대전 캠퍼스에 매주 출강하는 형편이었다.

1980년 들어, 겨우 정원 30명의 국어국문학과를 처음 인가받았다. 당장 교수진을 꾸려야 하는데 총장은 나에게 교수 선발을 일임하다시피 하였다. 나는 같은 대학 출신들이 같은 과에 들어와 문제가 되는 것을 여러 번 보아온 터라 한 대학 한 분 초빙의 원칙을 지키기로 하였다. 먼저 국어학이 필요해 학위 가진 분을 찾았으나 마땅치 않았다. 그때 마침 전북대학에 최태영(서울대)이란 분이 있다는 말을 듣고 시내 다방에서 만나기로 약속하고 인상 착의를 물어 두었다. 독실한 기독교 장로로 학위도 있어 곧장 그 학기에 모시게 되었다. 현대시에는 모교 출신으로 오랫동안 강의를 맡고 있던 권영진 시인을 모시기로 하고, 현대소설에는 그때 마침 경남대학에 가 있던 한승옥 교수를, 고전문학(시가)에는 연세대에서 학위를 받은 조규익 교수를 초빙하여 다섯 명으로 일단 교수진을 갖추었다. 그 이후 서강대에서 박종철 교수를 모셔오기도 하였다. 이후 석박사 과정을 갖추게 되면서 학술지『崇實語文』(창간호, 1984)도 창간하게 되었다. 이때는 이미 서울은 숭실대학, 대전은 한남대학으로 다시 분리된 때여서 교무 대학원 관계가 복잡하게 얽혀 있었는데, 한국에서는 멀티 캠퍼스 시스템이 어렵다는 사실을 절감하였다.

필자는 그 후 숭실대학에서 교학부장을 거쳐 대학원장 (1983~85), 인문대학장(1990~92), 교수협의회장(1993~95) 등을 역임하였으며, 특히 인문대학장 시절 학과의 반대를 무릅쓰고 각 과에서 5명씩을 떼어 중문학과를 창설했던 사실이 기억에 남아 있다. 또 대학원장 시절 외국 유학생을 많이 받아들이고 장학금을 확충했던 일, 대학원 강사료를 통장에 넣지 않고 별도 지급하던 일(용돈)이 기억에 남으며, 지금 일본 천리대 교수인 구마끼 쓰도무 교수도 이 무렵 혜택을 받은 한 사람이다.

필자가 숭실대학에서 정년을 맞은 해는 1999년이다. 우선 2천여 권의 책을 정리해야만 하였다. 연구실에 있던 책은 대부분 도서관에 기증하였다. 그리고 집 서재에 꽂혀 있던 책들은 고려대

일본 덴리대 구마끼 쓰도무 교수의 박사 수득 기념

조치원 캠퍼스에 별도 서고를 만들어 준다기에 부총장이 지인이어서 그곳에 기증하였다. 지금 내 서가에는 중요하거나 필요로 하는 3백여 권 만이 꽂혀 있다. 그러나 나는 정년을 앞두고 이후 평생을 해로할 배우자(김숙희)를 잃었다. 내 일만을 챙기다 가정을 소홀하게 하였던 게 뼈저리게 후회된다. 그 허전함을 달래기 위해 나는 정년 후 중국의 동북 지역으로 달아나 거기서 여러 해를 살았다.

나의 교환교수, 해외 생활(1)

나는 숭실대학교에서 1999년에 정년을 맞았다. 30년을 근무하고, 형식이지만 명예교수가 된 셈이다. 그러나 정년의 해에 아내를 잃고 보니 너무나 허탈하였다. 모든 것이 내 잘못으로 느껴졌다. 큰맘 먹고 서울을 떠나고자 결심하였다. 마침 중국의 과학기술대학에 한국어과가 생겨 그곳에 일단 정착하기로 마음먹었다. 근 일 년이 지나고 대학 안에 한국학연구소를 개설하기로 하고, 이웃 연변대학의 김병민 총장, 과기대학의 김진경 총장 등을 모시고 2001년 11월 7일 개소식을 성대하게 거행하였다. 몇 해 전 연변대학 조문학부 대학원에서 일 년 간 강의를 한 경력이 있어 그곳은 생소한 곳이 아니었다. 일단 연구진의 자문을 얻어 '중국에서의 한국어교육'이란 주제로 매년 중국 내의 한국어 교수들을 모아 양 일 간 세미나를 개최하고 그것을 책으로 묶어 내는 작업을 하는 한편, 연구소 기관지인 『한국학 연구』를 출간하는 작업을 시작하였다. 경제적으로 매우 어려웠지만, 근 10년에 걸쳐 『중국에서의 한국어교육』7책(약 4천 면), 『한국학연구』3책(약 8백 면)

의 성과물을 얻었을 뿐 아니라, 한국어 학자 교류를 통하여 상호 네트워크를 형성하는 데 큰 의미가 있었다고 자평하고 싶다.

학술회의는 한국인, 중국인, 일본인이 고루 참석하였고, 북한의 학자들도 두 차례나 초청하여 함께하였다. 처음 연변에 자리를 잡았을 당시에는 북한의 아이들이 두만강을 건너와 구걸 행각을 하는 일이 많았으며, 여자들이 한밤에 건너와 집마다 다니며 구걸하던 일까지 있었다. 강 하나를 경계로 희비극이 교체되던 긴 세월이었다. 특히 새해가 되면 해마다 백두산을 오르던 일, 방학 때면 한국, 미국, 유럽에서 온 자원 봉사 교수들과 함께 집안, 오녀산성, 노령산맥, 흑룡강, 흥안령을 헤집고 다니던 추억이 새롭다. 옛 연행사들이 중국에 다니던 길을 답사하기도 하고, 독립군들의 유적지는 물론, 병자호란 당시 심양의 노예시장, 고궁 부의 행적에 이르기까지 한중 간의 회한의 역사 현장을 살펴보기도 하였다.

나는 그 무렵의 답사기를 모아 『동북 문화기행』(2002)이란 책을 출판하기도 하였다. 그간 필자가 가르친 학생들이 대학을 졸업하고 한국에 나와 학위를 받아 교수직에 있는 사람들도 십여 명이나 되는데, 때로는 참으로 보람된 세월이었구나 하는 생각을 하게 된다. 한국 과학기술대학은 50년 간 중국과 계약 설립을 한 대학이다. 연변뿐 아니라 북한 평양에도 과학기술대학을 세워 지금 재

중국 우의궁에서 북한 학자들과 학술회의

정 지원을 과기대학이 하고 있는 셈이다. 앞으로의 한중관계 남북관계에 따라 이역에서의 인재 양성이 영향을 받을 수 있으나, 먼 미래에서 보면 참으로 보람된 일이 아닌가 여겨진다. 연변 땅에는 약 2백 만의 조선족이 거주하고 있어, 연변 조선족 자치주가 형성되었다. 그러나 지금은 여자들과 젊은이들이 거의 한국이나 중국 대도시로 유입되어 버렸고, 앞으로의 자치주가 위협 받고 있는 현실이다. 그러기에 연변 지역의 경제는 서울이나 한국의 직접적인 영향이 절대적이다. 필자가 다년 간 몸담았던 과학기술대학도 한국 문화가 중국에 이식되는 훌륭한 터전으로 성장하기를 바랄 뿐이다. 연변에서 필자가 만난 인물 중 권철 교수, 정판룡 학장, 김학철 선생, 김병민 총장이 생각나는데, 앞 세 분은 이미 세상을 떠나고, 김 총장은 산동대학으로 자리를 옮겼다고 들었다.

특히 북경대학의 위욱승 교수는 필자와의 관계가 남달랐다. 위 교수는 미국의 국제학술회의에 갔다가 당시 미국의 석학 한국학자였던 이학수(피터 리) 교수를 만나 서가에 꽂혀 있던 필자의 저서『임병양란과 문학의식』이란 책을 선물 받고, 자신의『抗倭演義(壬辰錄) 研究』와 같은 주제임을 확인하고 내게 편지를 해와 비로소 서로 알게 되었다. 이를 계기로 그 후 여러 번 서신을 교환하고, 드디어는 북경대학에 초청을 받게 되었다. 1979년으로 기억된다. 남한 학자로는 처음이라 하였다. 고려대학의 정규복 교수와 같이

북한과 러시아를 잇는 두만강 철교(동해가 보인다)

장백폭포 앞에서(6월인데 아직 눈에 덮혀 있다)

장군봉이 바라다 보이는 천지의 위용

초청되었는데, 나는 '통신사 문화와 연행사 문화'라는 주제로 북경대 臨湖軒에서 강의를 하였다. 환영회에는 많은 교수들이 모였으나 특별히 북경대 석학 부총장을 지낸 지센린(季羨林) 교수와 비교문학회장 러다이윈(樂黛云) 교수를 만난 것은 행운이었다. 그 후 위욱승 교수는 한국에도 와서『해동삼유록』(2011)이란 책을 출간하기도 하였으며, 그의『항왜연의 연구』를 한국에서 출판하는 데 필자가 도움을 주기도 하였다. 필자가 2005년인가 북경대학에 일년 교환교수로 가 있을 때는 자주 어울려 제자분들과 학술 토론을 벌이기도 하였는데, 특히 필자가 귀국 무렵 마침 북경에 교환교수로 와 있던 내 제자 민영대 교수와 함께 일주일 간 황산을 거쳐 최치원의 유적지 楊州, 高淳縣, 溧水縣, 南京 등지를 찾았던 일이 기억에 새롭다. 올해 여름 공자학당 책임자로 한국에 와 있는 북경외대 묘춘매 교수를 통하여 선생님의 서거 소식을 듣고 너무 충격을 받았다. 삼가 고인의 명복을 빈다.

김학철 선생과 함께(연변 제일의 작가)

북경대학 체류시(서문)

나의 교환교수, 해외 생활(2)

필자가 숭실대학에서 대학원장 보직을 맡고 있던 1985년 일본 천리대학에서 교환교수로 결정되었다는 통보를 받았다. 나는 서슴 없이 응낙한 후 1985년~86년 일 년 간을 그곳에서 교환교수로 생 활하였다. 숙소로는 전용 아파트를 대여해 주었다. 주로 조선어, 조선문화 강의였다. 여덟시간의 의무 강의를 나는 월, 화, 수요일 에 배치해 두고, 주말은 일본 여행에 시간을 할애하기로 하였다. 해방을 맞던 해가 초등학교 5학년이었으므로 일본어는 웬만큼 할 수 있던 터라 강의에는 큰 어려움이 없었다. 고려대 박사과정 친 구였던 오타니 모리시게(大谷森繁) 교수가 모든 것을 잘 돌보아 주 어 큰 어려움은 없었다. 틈만 나면 가까운 이소노가미 신궁(石上 神宮)에 가서 백제 칠지도를 구경하고, 도서관에 들러 우리 문화 재인 〈몽유도원도〉와 〈법장대사가 의상대사에게 보낸 편지〉를 감 상하곤 하였다. 이마니시 문고에서 찾은 신광한의 필사본『企齋記 異』는 오랜 시간에 걸쳐 이를 번역 연구하여 나중『企齋記異 硏究』 (1990)를 단행본으로 출간하는 계기가 되었다.

일본 천리대 학생들과 함께

주말이면 배낭을 메고 일본 각지, 특히 농촌 지역을 많이 누비고 다녔다. 일본을 이야기하면서 '국화와 칼'을 많이 인용하는데, 일본인들의 예의 친절을 나는 농촌을 다니면서 더욱 실감하였다. 85년 겨울 필자는 일본인 교수들과 독일, 프랑스, 영국 등 2주 간의 유럽 여행을 한 적이 있다. 겨울 여행은 식당, 호텔 등이 여유롭고 친절하여 귀국 후 나는 동료들에게 겨울 여행의 묘미를 설명하기도 하였다. 방학 기간에는 아내를 데려와 나라 지역과 하꼬네 아다미 지역을 여행하기도 하였는데, 특히 나라 오꾸무라 건설 회장의 부부와는 한국어를 지도한 것이 인연이 되어 많은 도움을 받았으며, 그분들이 서울에 오면 꼭 우리 부부와 함께 연락하여 식사를 같이하곤 하였다. 재벌회장이지만 나라 고택 외에, 동경 자기 집에 초대를 받아 가 보니 25평 정도의 검소한 집에서 살고 있는 것을 보고 깜짝 놀란 적이 있다. 나는 지금도 가끔 나라의 고풍스러움이 생각나기도 하고, 특히 야마도 삼산과 『만엽집』에 나오는 야마노베의 옛 오솔길 숲을 거닐던 추억에 사로잡히곤 한다.

　이 무렵 필자는 일본의 재일 학자들 강재언, 김달수, 이진희, 신기수 선생 등을 사귈 수 있었다. 나중에 이분들이 한국에 왔을 때 안내를 맡기도 하였으나, 이제는 모두 고인이 되고 말았다. 신기수 선생은 나중에 조선통신사 유적 답사에 동행해 주었고, 강재언 선생은 오사카 그의 가정에 초청까지 해 주었다.

일본 오꾸무라 회장 내외(롯데호텔)

동경 조선대학 방문 기념

특히 동지사 대학에서 삼국유사 세미나를 정기적으로 개최하고, 입명관대학의 마쓰마에(松前健) 선생과 한일 신화에 대해 황패강 교수와 자주 만나 담론했던 추억, 동경 조선대학 도서관을 찾아 북한 자료들을 검색하던 추억들이 새롭다. 임기를 마치고 나라를 떠날 때는 내 뒤를 이을 건국대학의 박용식 교수와 함께 귀국길에 대마도 여행을 하다가 공항 검색대에서 과도 하나로 시비가 되었던 일, 규슈의 심수관가에서 조선 도공들의 이야기를 듣던 기억이 새롭다.

북경대학에 초빙을 받은 것은 1995년으로 기억된다. 당시 조선 문화 연구소 소장이었던 이선한 교수가 연구소에 사무실을 마련해 주었다. 강의는 대학원에서 맡았는데, 나는 십여 명의 학생들과 춘향전 원전 강독을 하였다. 지금은 한국어학과가 한국학 대학(학장 왕단)으로 독립되었으나 당시에는 학부생을 격년으로 뽑고 있었으며, 인원도 그리 많지 않았다. 숙소는 마침 북경 외대의 이여추 교수가 한국에 교환으로 나가 있는 동안, 내가 그 집을 빌려 쓰기로 하였다. 묘춘매 교수와는 위욱승 교수의 제자로 익히 알던 터였으므로 가끔 외대에서 학부생들에게 한국 문화에 대한 특강을 하기도 하였다.

내가 북경에 처음 갔을 때에는 먼저 熱河(承德)를 구경하고 싶었다. 묘춘매 교수가 동행하였다. 새벽에 택시를 대절해 북경을 출

蘇 선생님께.

가을이 깊어져서   우리 마을에서는   벼베기 가
끝 났습니다.   올 해는   우리집은   대풍년 이
었습니다.   그후 댁에서는   여러분
안녕하십니까?   仁鎬 군 논문은   완성
하셨어요?   사모님 무릎은 어떻습니까?
이번에는   갑자기 연락드려서   미안하기
짝이 없었습니다.   많은 신세 져서
감사 합니다.

이번 여행은   蘇선생님 과   며느님 을
만나뵐수 있어서   더욱 유의의 한   여행이
되었습니다.

사 진이   나왔으니   보내겠습니다.

일본에 오실 때는   연락해주시 기
부탁 드립 니 다.

꼭 연락해주세요.
기다리고 있읍니다.
자자 추워질 겁니다.
제발 몸조심 하십시오.

1996. 10. 29.

奧村 俊夫
太喜代

일본 오꾸무라 회장 부인의 편지

북경대 교정에서

피납 도공 14대손 심수관과 함께

北京大學

蘇在英 教授 님께

안녕하셨습니까? 春節을 잘 지내셨으리라 합니
다. 己卯年에 복을 많이 받으시기를 기원합니다.

高春蓮女史가 전해준 편지를 보고 사모님께서
이 세상에서 떠나신 것을 알았습니다. 한편은 놀라고
한편은 슬퍼했습니다. 이 흉보를 우리 집사람에게
알려주었으니 그도 저와 똑 같은 느낌입니다. 비록
한번도 사모님을 직접 뵙지 못했지만 제가 늘 한
사모님 말씀을 듣고 벌써 정이들게 된 우리 집사람입
니다. 봇엇님 눈에서 사모님의 극진한 대접을 받던
것, 敎會에서 사모님을 만나 뵙던 것 등등 추억이 눈앞에
떠오르고 오래 사라지지 않습니다.

이제 선생님께서 혼자 계시니 어려운 것이 많으시겠지요?
비록 정년되셔서도 계속해서 숭실대학교에서 교편을 잡을수
있다는것은 다행입니다. 그것은, 그리고 여름에 중국에 와서
旅行하는 것으로 孤獨感을 퇴치하시고 조體健康하실것
을 빕니다.

　　　　　1999년 3월 9일　　이욱승 謹上

追申: 중국에 오시는 날자가 결정되면
　　알려주셨으면 합니다. 歡迎
　　하겠습니다.　　　　　第　　頁

북경대 위욱승 교수 서찰

북경대 미명호반에서(좌단 한국학대학장 왕단)

발하였다. 열하 길은 당시 포장이 되어 있지 않았으며 택시도 노후되어 여러 번 고장나 어려움을 겪었다. 오후 늦은 점심 시간에야 겨우 도착하였으나 갑자기 토사곽란을 만났다. 마땅한 병원도 없어 수소문으로 한 의원을 찾아 주사를 맞고는 열하 산장에 입장하였다. 그러나 건강이 좋지 않은지라 그 넓은 공간을 이동하기가 너무 힘들었다. 대충 구경을 하고 서둘러 귀경 길에 올랐으나 밤중에야 북경에 겨우 당도할 수 있었다. 나중에 알고 보니 열차 편이 있었는데 사전 답사 준비를 하지 못한 것이 필자의 불찰이었다. 그 후 두 차례나 더 연암을 생각하며 열하를 방문하였으나, 그때를 생각하면 묘춘매 교수에게 당시 고생을 시켰던 일이 미안할 따름이다. 나는 북경대학에서 일 년을 채 채우지 못하고 그때 마침 창궐했던 사스 때문에 사망자가 생기고 교문을 닫는 데까지 이르러 주변의 권유로 귀국하게 되었다. 당시의 북경은 문화혁명 직후여서 모든 것이 어수선하고 무질서한 때였다. 지금 생각하면 필자의 북경생활은 좋은 경험이긴 했지만 사뭇 즐거운 인상만은 아니었다. 다만 강의 후 아름다운 미명호를 거닐던 일, 위욱승 교수와 최치원의 자취를 찾아 남방 여행을 가졌던 일, 열하의 고생스럽던 추억 등이 남아 있다.

필자는 장춘의 길림대학에도 윤윤진 교수를 통해 단기 초청을 받은 일이 있다. 길림대학은 캠퍼스가 넓어 강의를 하자면 순환

심양 발해대학에서

버스를 이용해야만 했고, 학생들은 중국에서도 제일 많은 7만여 명이라고 하였다. 한국어과는 신설이어서 아직 설비를 제대로 갖추지 못하였으나 재정은 풍부한 듯하였다. 나는 그곳에서 한국어과 학생뿐 아니라, 국립대학인지라 국경 수비대반, 관광 가이드반도 있어 몇 달간 한국어, 한국문화 강의를 맡은 적이 있다. 장춘은 만주국 시절 도읍이었던 터라 부의와 관련된 고궁, 박물관, 만주족들의 유물 박물관이 볼거리였으며, 아직도 일본인들이 향수를 가지고 이곳을 많이 방문하고 있었다. 나는 북경대와 길림대의 생활을 마치고, 그 후 김미혜자 약사와 함께 연변 과기대학에서 학술회의를 가진 후 장춘과 심양을 다시 찾은 바 있으며, 삼학사 비가 있는 발해대학을 방문하기도 하였다.

그 후 미국으로 건너가 그랜드 캐니언과 미 서부 지역 일대를 관광하기도 하였는데, 함께 했던 김미혜자 약사도 지금은 세상을 떠나고 아련한 추억만이 남아 있다.

著作 目錄

〈삼국유사 설화의 연구〉, 고려대 대학원 석사학위논문, 1963.

〈임진록 연구〉, 고려대 대학원 박사학위논문, 1980.

『고소설 통론』, 이우출판사, 1983.

『한국 설화문학 연구』, 숭실대 출판부, 1984.

『국문학 논고』, 숭실대 출판부, 1984.

『기재기이 연구』, 고대 민족문화연구소, 1990.

『우리 고전 산책』, 태학사, 1993.

『조선조 문학의 탐구』, 아세아문화사, 1996.

『국문학 편답기』, 아세아 문화사, 1999.

『동북 문화기행』, 집문당, 2002.

『한국문화의 동아시아적 탐색』, 태학사, 2008.

『동아시아 문화교류론』, 제이앤씨, 2011.

『동아시아 문화탐방』, 박문사, 2013.

『한국 고전문학(6)』, 자유교육협회, 1964.

『한국 풍자소설선』, 정음사, 1975.

『고전문학을 찾아서』(공), 문학과지성사, 1976.

『한국문학 작가론』(공), 형설출판사, 1970.

『논주 임진록』, 형설출판사, 1977.

『우리 민속문학의 이해』(공), 개문사, 1980.

『한국문학 개설』, 형설출판사 1980.

『한국민속대관(6)』(공), 고대 민족문화연구소, 1982.

『근대문학의 형성과정』(공), 문학과지성사, 1983.

『역주 운영전』(공), 시인사, 1985.

『여행과 체험의 문학(일본편)』(공), 민문고, 1985.

『여행과 체험의 문학(중국편)』(공), 민문고, 1985.

『역주 임진록 박씨전』, 정음사, 1986.

『한국문학 작가론(2)』(공), 형설출판사, 1986.

『여행과 체험의 문학』(국토기행, 공), 민문고, 1987.

『백두산 근참기』(한국걸작기행문선), 조선일보사, 1988.

『간도유랑 사십년』(일제하 미발표 기행문선), 조선일보사, 1989.

『한국야담사화 집성』(5책, 이마니시문고), 태동문화사, 1989.

『기독교와 한국문학』(공), 대한기독교서회, 1990.

『한일 문화교류사』(공), 민문고, 1991.

『연변지역 조선족문학 연구』(공), 숭실대출판부, 1992.

『중국조선족 문학논저 작품목록집』, 숭실대출판부, 1992.

『임진왜란과 한국문학』(대우학술총서, 공), 민음사, 1993.

『한국고전문학관계 연구논저총목록』(공), 계명문화사, 1993.

『임진록』(한국고전문학전집 4), 고대만족문화연구소, 1993.

『주해 을병연행록』(공), 태학사, 1997.

『한국의 민속문학과 예술』(공), 집문당, 1998.

『개화기 소설』(공), 숭실대출판부, 1999.

『한국의 딱지본』(공), 범우사, 1999.

저자의 근작 도서

성오수록省吾隨錄

초판 1쇄 인쇄 2019년 4월 15일
초판 1쇄 발행 2019년 4월 20일

지은이 소재영
펴낸곳 논형
펴낸이 소재두
등록번호 제2003-000019호
등록일자 2003년 3월 5일
주소 서울시 영등포구 양산로 19길 15 원일빌딩 204호
전화 02-887-3561
팩스 02-887-6690
ISBN 978-89-6357-226-0 03810
값 15,000원

이 도서의 국립중앙도서관 출판예정도서목록(CIP)은 서지정보유통지원시스템 홈페이지
(http://seoji.nl.go.kr)와 국가자료공동목록시스템(http://www.nl.go.kr/kolisnet)에서
이용하실 수 있습니다. (CIP제어번호: CIP2019014625)